Deseo™

Enemigos en el amor
DAY LECLAIRE

HARLEQUIN™

Editado por HARLEQUIN IBÉRICA, S.A.
Núñez de Balboa, 56
28001 Madrid

© 2012 Harlequin Books S.A. Todos los derechos reservados.
ENEMIGOS EN EL AMOR, N.º 94 - 19.6.13
Título original: A Very Private Merger
Publicada originalmente por Harlequin Enterprises, Ltd.

I.S.B.N.: 978-84-687-2768-4
Depósito legal: M-9814-2013
Editor responsable: Luis Pugni
Fotomecánica: M.T. Color & Diseño, S.L. Las Rozas (Madrid)
Impresión en Black print CPI (Barcelona)
Fecha impresion para Argentina: 16.12.13
Distribuidor exclusivo para España: LOGISTA
Distribuidor para México: CODIPLYRSA
Distribuidores para Argentina: interior, BERTRAN, S.A.C. Vélez
Sársfield, 1950. Cap. Fed./ Buenos Aires y Gran Buenos Aires,
VACCARO SÁNCHEZ y Cía, S.A.

Capítulo Uno

¡Hija de…! Jack Sinclair se quedó parado en la acera, frente al edificio del Grupo Kincaid, al ver en la puerta a Nikki dando un abrazo a Elizabeth Kincaid.

Aquella era la peor de todas las traiciones posibles, pensó mientras las veía despedirse, antes de que Nikki entrara y Elizabeth se fuera. De pronto las piezas del puzzle empezaban a encajar: Nikki trabajaba para el Grupo Kincaid; no había otra explicación posible.

Llevaban cuatro meses juntos, cuatro meses increíbles que le habían hecho llegar a pensar que aquello iba camino de ser algo serio, algo sólido, y resultaba que ella había estado utilizándolo, tendiéndole una trampa, trabajando para el enemigo.

Inspiró profundamente, buscando en su interior la calma que siempre se esforzaba en conservar, pero no le resultó nada fácil. Tal vez ese abrazo tuviera alguna otra explicación, se dijo, tratando de ser racional. Nikki y él se habían conocido a raíz de una subasta benéfica de solteros que se había celebrado en casa de Lily Kincaid –Nikki había pujado por él y había ganado la puja–, así que era probable que hubiera conocido allí a la madre de Lily, Eliza-

3

beth. O quizá la madre de Nikki y Elizabeth Kincaid fueran amigas. Las dos eran parte de la alta sociedad de Charleston. Sin duda habrían coincidido en un evento u otro.

Podía ser así de simple. Además, cuando Nikki le había dicho que era detective corporativa, él mismo le había pedido que investigara a quién pertenecía el diez por ciento de las acciones que no obraban en su poder ni en poder de los hermanos Kincaid. Esas acciones eran claves para poder hacerse con el control del Grupo Kincaid. Quizá simplemente hubiera ido allí en busca de pistas.

En cualquier caso, era fácil de averiguar si sus sospechas eran o no infundadas. Sacó del bolsillo el teléfono móvil y buscó en los contactos el número del Grupo Kincaid.

–Buenos días; ha llamado al Grupo Kincaid. ¿Con qué departamento desea hablar?

–Póngame con Nikki Thomas, por favor.

La mujer vaciló.

–¿Nikki Thomas?

–Es la detective corporativa que trabaja para ustedes. Me dijo que podría contactar con ella en este número.

–Ah, por supuesto. Un momento, por favor.

Jack colgó y masculló un improperio. Su esperanza de que aquello tuviese una explicación inocente había sido machacada, como una hormiga bajo la pata de un elefante.

Desde un principio había sabido a qué se dedicaba Nikki, pero no se le había pasado por la cabeza la posibilidad de que trabajase precisamente para el Grupo Kincaid. Tenía unas cuantas preguntas que hacerle, y quería respuestas.

Cruzó la calle, ignorando los bocinazos de los conductores. Nikki iba a arrepentirse de habérsela jugado. ¡Después de que le hubiera abierto su corazón, de que le hubiese permitido traspasar las barreras que había levantado a su alrededor durante años!

No era la primera vez que entraba en aquel edificio. En los últimos meses había ido allí para asistir a varias reuniones con los hijos de su padre, los legítimos, como él los llamaba. Seguro que ellos le llamaban el bastardo.

Se acercó al mostrador de recepción, y al verlo, la mujer que había detrás se apresuró a tomar el teléfono, pero Jack alargó el brazo y cortó la comunicación pulsando el gancho de la base.

Sin duda tenía órdenes de los Kincaid de que avisara a alguno de ellos cuando se presentara allí. Él habría hecho lo mismo en su lugar.

—¿Sabe quién soy? —le preguntó.

La mujer asintió en silencio.

—Estupendo. Pues entonces sabrá que soy dueño de una buena parte de esta compañía —le dijo Jack, y le hizo un gesto con la cabeza para que colgara el teléfono—. ¿Dónde está el despacho de Nikki Thomas?

Ella se dio cuenta de que estaba furioso y su rostro se contrajo de preocupación.

—¿Para qué quiere ver a la señorita Thomas?

—Eso no es de su incumbencia. ¿Dónde está su despacho? No volveré a preguntárselo, y tampoco olvidaré su falta de colaboración.

La preocupación de la recepcionista aumentó visiblemente, y al final claudicó:

—En la segunda planta; despacho 210 —murmuró.

—Eso está mejor. Y ni se le ocurra llamarla para advertirle de mi presencia. ¿Me ha entendido?

—Sí, señor.

Jack rodeó el mostrador, dudando si tomar el ascensor o subir por las escaleras. «Por las escaleras», decidió. Así sería menor el riesgo de que se topara con alguno de los Kincaid. Además, furioso como estaba, sería capaz de tumbar de un puñetazo a cualquiera que intentara detenerlo.

No le costó demasiado encontrar el despacho de Nikki. La puerta estaba entreabierta, y aunque Nikki estaba de pie frente a una gran ventana que se asomaba al puerto, dudaba que estuviese admirando la vista. Tenía la cabeza gacha y los hombros hundidos, como si llevara el peso del mundo sobre ellos. En esos cuatros meses nunca la había visto tan abatida.

Llevaba el cabello recogido, dejando al descubierto su delicado y blanco cuello, y la dorada luz del sol que entraba por la ventana arrancaba reflejos de su cabello de ébano y recortaba su femenina figura, enfundada en un traje azul marino de chaqueta y pantalón entallados.

Esa misma mañana la había visto ponerse ese

traje, y sabía cómo era la ropa interior a juego de seda y encaje que llevaba debajo. Le había resultado muy difícil resistir la tentación de arrancarle la ropa de nuevo y hacerla volver a la cama con él.

Apretó la mandíbula, recordándose que Nikki lo había traicionado. Dudaba que jamás pudiera perdonárselo, pero tenía que averiguar hasta dónde había llegado su traición y por qué lo había hecho.

Cuando cerró la puerta tras de sí y echó el pestillo, el ruido hizo a Nikki dar un respingo y volverse. La expresión de su rostro confirmó sus peores sospechas. Sin embargo, su subconsciente debía haber estado abrigando hasta ese instante la esperanza de que Nikki le diera alguna explicación razonable de su presencia allí, porque de otro modo no estaría sintiendo aquel dolor en el pecho, como si lo hubieran apuñalado.

–Jack… –su nombre escapó de los labios de Nikki con un tono de sorpresa y culpabilidad.

–Me parece que hay algo que no me habías dicho –le espetó él–. Algo muy importante que deberías haberme dicho hace meses –no se atrevía a acercarse a ella; no hasta que no hubiera recobrado por completo el control sobre sí mismo–. ¿Tienes algo que decir?

–Puedo explicarlo.

Jack no pudo evitar soltar una risotada.

–¿Cuántas veces le habrá dicho eso una mujer a un hombre?

–Probablemente el mismo número de veces que muchas mujeres han llegado a casa y lo han encon-

7

trado a él en la cama con otra –le espetó Nikki irritada, pero luego el enfado se le disipó, y la expresión de su rostro osciló entre la tristeza y la culpa–. Perdona, Jack. Decir que puedo explicarlo ha sido bastante ridículo dadas las circunstancias.

Jack apoyó la espalda en la puerta y se cruzó de brazos.

–El día en que pagaste tanto dinero por mí en la subasta de solteros me pregunté por qué lo hiciste. Dijiste que pujaste por mí porque ninguna otra mujer parecía dispuesta a hacerlo, pero ahora sospecho que estaba todo preparado. A los Kincaid se les ocurrió ese ingenioso plan para que pudieras espiarme, ¿no es así? Ahora todo tiene sentido.

Nikki alzó una mano y sus ojos relampaguearon.

–No sigas por ahí. Si estás pensando que puje por ti porque me lo pidieron los Kincaid…

–Ofreciste mil dólares por mí cuando ninguna otra mujer quiso pujar –la cortó él, enfadado–. Fue una encerrona desde el principio.

Nikki sacudió la cabeza con tal vehemencia que se le escapó un mechón del recogido, yendo a caer sobre su mejilla y su largo cuello. ¡Y pensar que hacía solo unas horas había hundido el rostro en su cabellera, inhalando su dulce aroma, y había besado la delicada curva de su cuello! ¿Cuánto tiempo tendría que pasar para que se borraran esos recuerdos de su mente y volviera a sentirse en paz?

–No es verdad –replicó ella dando un paso hacia él.

Sin embargo, algo en su mirada la hizo retroceder, y su vacilación sacó al depredador que llevaba dentro. Nikki debió notarlo porque su respiración se tornó más rápida, y sus ojos, esos increíbles ojos azul zafiro, se ensombrecieron. Cuando se rodeó la estrecha cintura con los brazos Jack no pudo evitar bajar la vista a sus senos, que se marcaban bajo la chaqueta, pero se obligó a mirarla a la cara.

Tenía unos rasgos muy hermosos, heredados sin duda de su madre, que pertenecía a la rama aristocrática del árbol genealógico de la familia. Debería haber sabido que alguien que pertenecía a la élite de Charleston no podía ser alguien en quien pudiera confiar. ¿Acaso no había aprendido eso su madre cuando Reginald Kincaid la había convertido en su amante?

Su padre había hecho de ella su compañera de cama, pero Angela Sinclair no era de buena familia, y por tanto no había sido digna de que se casase con ella, igual que él, un hijo nacido fuera del matrimonio, no había sido digno de ser reconocido por Reginald Kincaid.

La sociedad lo había convertido en un marginado por su condición de bastardo, y en cambio había idolatrado a su padre, que había ocultado durante décadas que había tenido un hijo con otra mujer.

Y para rematar esos tintes de ironía que impregnaban su vida, acababa de descubrir que la mujer en la que había confiado y a la que pensaba pedirle matrimonio trabajaba para los Kincaid. Su relación desde el principio se había cimentado en un puñado de mentiras.

–Por favor, Jack, tienes que creerme: cuando pujé por ti en la subasta no tenía ni idea de quién eras. Ni comprendía por qué nadie quería pujar por ti. Quiero decir que… ¡era una subasta benéfica! No tenía sentido.

–¿De verdad esperas que crea que los Kincaid no te hicieron hacerlo? –Jack sacudió la cabeza–. Perdona, pero teniendo en cuenta que trabajas para ellos y que me lo has estado ocultando no te da la menor credibilidad.

–No supe quién eras hasta después de nuestro primer beso la noche de la subasta –le dijo Nikki–. Lily nos pilló besándonos fuera, ¿recuerdas? Tú te marchaste, y fue entonces cuando me dijo quién eras.

Ya lo creía que recordaba su primer beso; recordaba cada segundo del irrefrenable deseo que se había apoderado de ambos y los había hecho olvidarse de todo lo que los rodeaba. No había experimentado nunca nada igual. No solía perder el control sobre sí mismo, y era algo de lo que se enorgullecía, de su capacidad para no dejar entrever sus emociones. Sin embargo esa noche… Esa noche había perdido el control, y se había visto atrapado por una necesidad imperativa y casi primitiva de marcar de algún modo como suya a aquella mujer.

¿Sería aquello lo que habían sentido sus padres el uno por el otro, el motivo por el que habían decidido ignorar las convenciones sociales? Apartó ese pensamiento de inmediato. No quería permitir que hubiese alguna tonalidad de gris en su forma de ver las cosas, donde todo era blanco o negro. Así la vida era más sencilla.

No había hecho suya a Nikki esa noche en el sentido estricto de la expresión, pero sí la siguiente vez que se habían encontrado, la noche en que él la había invitado a cenar, como estipulaban las normas de la subasta que debía hacer cada soltero con la mujer a la que hubiese sido adjudicado en la puja.

Jack se quedó mirándola pensativo, sopesando los hechos.

—Aunque te creyera… los Kincaid estaban presentes cuando pujaste por mí, y sabían que habías ganado una cita conmigo. ¿Y pretendes que crea que no se aprovecharon de la situación? Trabajas para ellos.

—Sí, trabajo para ellos, y sí Matt y R. J. Kincaid sabían que salí a cenar contigo y Matt me pidió…

Antes de que pudiera terminar la frase se oyó moverse el picaporte de la puerta detrás de ellos. Al darse cuenta de que estaba cerrada por dentro, quien fuera que estaba intentando a abrir, empezó a aporrear la puerta. Jack frunció el ceño, irritado. Parecía que la recepcionista había pedido refuerzos; tendría que trabajar un poco más sus dotes de intimidación.

—Me parece que es la caballería que viene a rescatarte —dijo ladeando la cabeza—. Debe haber sido la recepcionista; parece que su preocupación por ti se ha impuesto a mis amenazas.

Nikki lo miró boquiabierta.

—¿La has amenazado? —le preguntó indignada.

—Por supuesto que la he amenazado. Así es como actúo; ¿no te lo han dicho los Kincaid? Hago lo que haya que hacer para conseguir lo que quiero.

Nikki sacudió la cabeza.

—Eso no es verdad, Jack. Ese no es el hombre del que me he ena...

Nuevos golpes interrumpieron sus palabras, palabras por las que él habría dado la mitad de su fortuna por oírle decir.

—¡Sinclair, sabemos que estás ahí dentro! —era la voz de su hermanastro, R. J. El asombroso parecido que tenía con la suya siempre lo irritaba. Era irracional, pero no lo podía evitar—. ¡Abre la puerta ahora mismo o llamaremos a la policía!

Jack, que no había apartado los ojos de Nikki, enarcó una ceja.

—¿Tú qué crees? ¿Debería dejarles entrar?

Nikki suspiró.

—Sería lo más sensato, si no quieres que te arresten.

—¿Arrestarme por qué? El cuarenta y cinco por ciento de la compañía es mío.

—Jack... por favor...

Él se encogió de hombros e hizo lo que le pedía. Mejor acabar con aquello, se dijo. Se hizo a un lado, e hizo bien, porque R. J. y Matt entraron como elefantes en estampida en cuanto abrió la puerta.

Matt se colocó delante de Nikki en actitud protectora y R. J. se plantó frente a él.

—¿Estás bien, Nikki? —le preguntó R. J. con los ojos fijos en él.

El parecido entre R. J. y él era más que superficial. Los dos medían más de un metro ochenta, y eran de complexión robusta, y también habían heredado en buena medida el atractivo de su padre: su cabello castaño, y la misma forma de los ojos, aunque eran de un azul completamente distinto. Aunque detestara admitirlo, también tenían en común su habilidad para los negocios. Y por eso la victoria sería aún más dulce cuando se hiciese con el control del Grupo Kincaid.

—Estoy bien —contestó Nikki, saliendo de detrás de Matt—. Jack y yo solo estábamos teniendo una… discusión. Y quizá podáis ayudarme.

—Pues claro que sí. Largo de aquí, Sinclair —le ordenó R. J.

Jack soltó una carcajada.

—No pienso irme.

—No me refería a eso —intervino Nikki—. A lo que me refería es a que tal vez podáis ayudarme diciéndole a Jack por qué me pedisteis que le investigara.

Matt se quedó mirándola.

—Debes estar de broma.

—Estoy hablando muy en serio —le contestó Nikki—. Matt, dile a Jack en qué punto me pedisteis que lo investigara a él y su negocio—. Por favor —le imploró.

Matt vaciló, pero por su expresión Jack dedujo que no era porque estuviera intentando pensar en una mentira oportuna, sino porque estaba intentando recordar el momento exacto.

—Tú estabas hablando con él por teléfono para

quedar a cenar con él, por eso de que habías ganado la puja en la subasta de solteros –dijo finalmente–. Cuando colgaste te pedí que trataras de averiguar sus planes con respecto al Grupo Kincaid. Ahora que le pertenece el cuarenta y cinco por ciento de las acciones queríamos saber cómo pretendía hacer uso de ellas.

–¿Y...? –lo instó Nikki a que continuara. Sonrió al ver la expresión preocupada de Matt–. No pasa nada; díselo.

Matt le lanzó una mirada resentida a Jack.

–Te pedí que lo tantearas para que averiguaras qué tal es gestionando su compañía, para que me dijeras si querrías a alguien como él al frente del Grupo Kincaid.

–De modo que hicisteis que Nikki nos investigara a mí y a mi compañía, Carolina Shipping –dijo Jack. Posó sus ojos en Nikki y se quedó mirándola un instante. Los ojos de Nikki se llenaron de lágrimas, pero Jack hizo un esfuerzo por no moverse, por no dejar entrever el impacto que esas lágrimas tenían en él–. Antes de las cinco quiero una copia del informe que hayas escrito sobre mí. Y entonces veremos.

–No puedes... –comenzó R. J.

–Ya lo creo que puedo –replicó Jack, cortándolo sin la menor vacilación–. Soy el accionista mayoritario de esta compañía. Estoy en mi derecho de pedir esa información, y si no tengo ese informe en mi mesa antes de las cinco, mi abogado solicitará una orden judicial para que me los entreguéis.

Matt dio un paso adelante y le espetó con evidente frustración:

—Eres de la competencia, Sinclair; ¿qué diablos esperabas que hiciéramos? ¿Sentarnos a mirar mientras desmantelas nuestro medio de vida? Teniendo en tu poder el cuarenta y cinco por ciento de las acciones de la compañía, cosa que no haces más que restregarnos por la cara, cuesta creer que no se te haya pasado por la cabeza hacerte con el negocio y que sea absorbido por Carolina Shipping —puso una mano en el hombro de Nikki, como dándole su apoyo, y un arranque posesivo sacudió a Jack, que tuvo que contenerse para no obligarlo a apartar la mano—. Para tu información, le dije a Nikki que si estaba equivocado y tus intenciones eran honorables, ahí se acabaría todo, pero me parece que no es así; ¿estoy en lo cierto, Sinclair? Desde el principio has estado intentando ponernos zancadillas, como aprovecharte de la fuga de clientes que tuvimos cuando arrestaron a nuestra madre para llevártelos tú.

—¿Y qué? —contestó Jack encogiéndose de hombros—. Los negocios son los negocios.

R. J. apretó los labios y sus ojos relampaguearon de furia contenida.

—No voy a permitir que te hagas con el negocio que construyó nuestro padre para que luego lo tires por el retrete.

—¿Por qué iba a hacer algo así? —preguntó Jack.

¡Oh, cómo estaba disfrutando haciendo sufrir a los hermanos a los que su padre había antepuesto a él durante toda su vida! Había estado esperando con ansia ese momento, al igual que estaba deseando convertirse en director y presidente del Grupo Kincaid, haciéndose con las riendas de la compañía.

—El Grupo Kincaid es un negocio próspero, aunque ahora no esté pasando por su mejor momento, y poseo un número importante de acciones de la compañía; no tengo el menor interés en destruirla.

R. J. y su hermano se miraron.

—Entonces, ¿qué intenciones tienes de cara a la junta anual a finales de este mes? —le preguntó R. J.

—Pienso asistir, desde luego.

Sí, estaba divirtiéndose de lo lindo con aquello. Aunque estaría divirtiéndose más si los ojos de Nikki no buscaran los suyos constantemente, rogándole que la comprendiese. Lo único que comprendía era que no debería haber confiado en alguien que se movía en el ambiente enrarecido de la élite de Charleston.

—Vamos a elegir a un nuevo presidente y a un nuevo director de la compañía —dijo R. J.—. ¿A quién piensas votar tú?

—Podría decirte que esperes a la junta para saberlo, pero no tiene sentido —contestó Jack dando un paso hacia él—. Tengo intención de hacerme con el control del Grupo Kincaid.

Matt soltó un improperio entre dientes.

—Lo sabía.

Jack se limitó a sonreír.

—Y pienso hacer exactamente lo que has dicho:

que el Grupo Kincaid sea absorbido por mi compañía. Así que... bienvenidos a Carolina Shipping –les dijo a R. J. y a él–. Y os sugiero que no os pongáis demasiado cómodos, porque no os quedaréis mucho tiempo.

Dicho eso se giró sobre los talones y salió del despacho sin mirar atrás por más que deseara hacerlo. Sabía que, si se volvía, la desolación en los ojos de Nikki lo haría sentirse aún peor.

Faltaban solo cinco minutos para las cinco de la tarde cuando Nikki entró con su coche en el aparcamiento de Carolina Shipping. El inconfundible Aston Martin rojo de Jack estaba allí aparcado.

Al entrar en el edificio la recepcionista la saludó con una sonrisa.

–¿Es la señorita Thomas?

Nikki parpadeó sorprendida.

–Sí, soy yo.

–Jack me dijo que vendría. De hecho apostó conmigo que vendría justo antes de cerrar –le confesó la recepcionista riéndose–. Después de todos estos años trabajando para Jack ya tendría que saber que no debería hacer apuestas con él. Siempre gana.

Nikki se contuvo para no resoplar de irritación. Sí, siempre se salía con la suya.

–Y que lo diga.

–Ah, veo que conoce bien a nuestro Jack.

Nikki volvió a parpadear. ¿Nuestro Jack?

–Sígame, la llevaré a su despacho.

Rodeó el mostrador de recepción y la condujo por un amplio pasillo.

Nikki le calculó unos veintitantos, unos seis o siete años más joven que ella. La bonita recepcionista se detuvo frente a una puerta de doble hoja y llamó con los nudillos antes de abrir.

–Está aquí Nikki Thomas, Jack.

–Gracias, Lynn. Ya puedes irte a casa.

–Hasta el lunes –se despidió la chica, con otra de esas brillantes sonrisas–. Un placer, señorita, Thomas.

Cuando se hubo marchado, Jack le señaló con un ademán a Nikki una de las sillas frente a su mesa, y mientras ella tomaba asiento fue a cerrar la puerta. Por algún motivo el ruido de la puerta al cerrarse le pareció ominoso, y aumentó el temor que había estado sintiendo todo el día.

Le parecía mentira que aquella misma mañana los besos de Jack la hubiesen despertado, que hubiesen acabado haciendo el amor. Luego Jack la había llevado en brazos al cuarto de baño cuando el despertador les había avisado de que llegarían tarde al trabajo si no se levantaban, y se habían duchado juntos, bromeando y riéndose por las prisas.

Y luego había habido algún que otro momento picante, como cuando se estaban vistiendo, y al verla con el conjunto de braguita y sujetador azul marino que se había puesto, Jack había dicho que le encantaría quitárselos y volver a llevársela a la cama. Ojalá lo hubiera hecho, pensó Nikki, porque con lo furioso que estaba Jack con ella dudaba que la oportunidad volviese a presentarse.

Sin una palabra Jack volvió a sentarse tras su mesa. Nikki lo miró, pero su rostro seguía teniendo la misma expresión inescrutable. Querría poder romper el muro que los separaba en ese momento, pero Jack era un maestro ocultando sus emociones, y sabiendo lo raro que era que se abriese a nadie, se imaginaba lo mucho que debía haberle dolido su traición.

Los segundos pasaron sin que Jack dijera nada, y al final, Nikki, incapaz de soportar la tensión, fue quien rompió el silencio, a sabiendas de que probablemente era lo que pretendía él.

—Lo siento, Jack —le dijo—. Debería haberte dicho desde el principio que trabajo para los Kincaid.

Él no contestó, sino que se quedó mirándola. La falta de emoción en sus claros ojos azules se le clavó en el alma como un cuchillo. Puso la carpeta con su informe sobre la mesa y la empujó hacia él.

—Te he traído el informe que me pediste.

Jack bajó la vista a la carpeta de plástico y volvió a levantarse, esa vez para ir hasta el mueble bar y servirse una copa. Giró la cabeza hacia Nikki, y enarcó una ceja a modo de pregunta, pero ella negó con la cabeza.

—No, gracias —dijo. Y luego, impaciente por su silencio, le espetó—: ¿No vas a decir nada?

—¿Tenías la esperanza de que fuera rápido e indoloro? Pues lo siento, cariño, pero no te vas a ir de rositas.

Su sarcasmo hizo a Nikki dar un respingo. Estaba cansada. El día se le había hecho interminable, y esa noche seguramente se le haría igual de larga y no pegaría ojo. Gracias a Dios que era viernes y tenía el fin de semana por delante para reponerse.

–Jack, sé que cometí un error –murmuró–. ¿De verdad vas a tirar lo nuestro por la borda por algo que no te dije?

–¿Lo nuestro? –repitió Jack. Sus ojos relampagueaban de ira–. No hay nada entre nosotros. Lo que hubo… eso es otra historia.

Nikki parpadeó para contener las lágrimas que afloraron a sus ojos.

–Por favor, Jack…

–No –la cortó él, plantando el vaso sobre el mueble bar–. No pienso escucharte.

–Los Kincaid no sabían nada de nuestra relación, ni me pidieron que hiciera nada que fuera ilegal o poco ético.

Jack la miró con los ojos entornados.

–¿Quieres decir aparte de que intentaras demostrar que yo asesiné a mi padre?

Nikki se puso de pie.

–Maldita sea, Jack. Sé que no lo mataste, y dudo incluso que los Kincaid lo crean. Sería incapaz de hacer algo así. Puede que tu padre y tú tuvierais vuestras diferencias, pero sé que no eres esa clase de persona.

–¿Y qué clase de persona eres tú? No, no respondas; ahora ya lo sé –le espetó él con una mirada gélida.

Sus palabras la llenaron de ira.

—Nunca te he mentido, Jack. Ni sobre quién soy, ni sobre lo que siento por ti. ¿Acaso crees que podría haber fingido el modo en que reacciono a tus caricias, a tus besos? —se atrevió a dar un paso hacia él, con la esperanza de poder atravesar esa barrera que él había levantado entre los dos, aunque con temor por lo que pudiera ocurrir si lo conseguía—. ¿Crees que he fingido cuando hemos hecho el amor?

Una emoción que Nikki no acertó a identificar relumbró en los ojos de Jack, que de pronto la asió por la cintura, atrayéndola hacia sí con brusquedad y la besó.

Si hacía un momento se había mostrado frío como un témpano con ella, de repente parecía un volcán en erupción. Sus labios se movían contra los de ella con una pasión entrelazada con dolor. Nikki se sintió culpable porque sabía que era ella la causante de ese dolor, y habría dado lo que fuera por aliviarlo. Le dejó hacer, ofreciéndose a él sin reservas, sin vacilación.

Jack no se contuvo, y a ella no le importó. Había sido así desde el principio, desde el momento en que sus ojos se habían cruzado en la subasta. En ese instante se había producido una chispa de atracción irresistible entre ambos. Y luego, mientras hablaban, después de la subasta, esa chispa se había convertido en una llama, y al besarse se había desatado un verdadero incendio.

Después, con su primera cita Nikki había sabido

que aquello era el destino y que no podía resistirse, igual que las olas siempre acaban rompiendo contra la playa. Y se lo había dado todo, a pesar de las complicaciones que le podía acarrear aquello, a pesar de saber que estaba decidido a destruir a los Kincaid y que ella era la única persona capaz de detenerlo.

Secretos… Tantos secretos…

Jack la alzó en volandas y la llevó hasta un sofá, donde la tumbó para luego colocarse sobre ella. Volvió a besarla de nuevo, esa vez más despacio, de un modo más sensual, y Nikki sintió que estaba desabrochándole la chaqueta poco antes de que cubriera sus senos con las manos.

–Demuéstrame que me deseas –le dijo Jack–. Demuéstrame que no fue todo fingido.

Capítulo Dos

Nikki cerró los ojos, y el abrumador deseo que se había apoderado de ella se desvaneció con aquella exigencia de Jack.

—No tengo nada que demostrar —le dijo abriendo los ojos y empujándolo por los hombros. Cuando Jack se echó hacia atrás no habría sabido decir si lo que sintió fue alivio o decepción—. O me crees, o no me crees. O crees en lo que sentimos el uno por el otro, o no lo crees. Es así de simple.

—No, no es tan simple. Has traicionado la confianza que había depositado en ti —replicó él levantándose del sofá—. Pero todavía te deseo, aunque solo Dios sabe por qué.

—Vaya, muchas gracias —masculló ella incorporándose.

—Me has estado espiando Nikki; no puedo perdonar eso.

—Y aun así no tuviste el menor reparo en pedirme que espiara a los Kincaid. ¿O es que eso para ti es diferente? —le espetó ella agitada.

Al ir a abrocharse la chaqueta descubrió con espanto que le temblaban las manos, lo cual hacía casi imposible que metiese siquiera un botón en el ojal.

Jack se inclinó y apartó sus manos.

–Déjame a mí –le dijo, y se puso a abrocharle–. En primer lugar, yo no te pedí que los espiaras. Te pedí que los investigaras, lo cual es muy distinto.

–¿En qué sentido?

–Estábamos acostándonos mientras me espiabas; pero tú no estás acostándote con los hermanos Kincaid –Jack entornó los ojos–. ¿O sí?

Nikki se levantó como un resorte y se giró hacia él, furiosa.

–Es repugnante que sugieras siquiera algo así. Sabes muy bien que están comprometidos. Y para que te quede claro: nunca, jamás, he tenido una relación íntima y personal con ninguno de los dos. Solo trabajo para ellos. Y punto.

Su tono enfadado debió bajarle los humos, porque Jack inclinó la cabeza y murmuró:

–De acuerdo, está bien.

–No –insistió ella–. No está bien. Me debes una disculpa.

Él se quedó mirándola con incredulidad.

–A ver si lo entiendo: ¿yo te debo una disculpa?

Nikki se cruzó de brazos.

–Cuando me he sentado frente a tu mesa lo primero que he hecho ha sido disculparme. Sé que no he obrado bien y lo he reconocido. Así que, sí, creo que tú también me debes una disculpa por haberme acusado de haberme acostado con R. J. y con Matt. Y por si tienes dudas, tampoco me acosté nunca con tu padre. Creo que con eso ya están todos los hombres de la familia Kincaid, sin contarte a ti.

–Ni se me ha pasado por la cabeza que… –comenzó él irritado–. Y yo no soy un miembro de la familia Kincaid.

Nikki se encogió de hombros.

–O te disculpas ahora mismo, o me marcho.

–No te irás hasta que no hayamos repasado ese informe tuyo.

Nikki se limitó a enarcar una ceja y se quedó callada, esperando.

Jack maldijo entre dientes y se pasó una mano por la cara.

–Está bien, me disculpo. No debería haberte acusado de haberte acostado con los Kincaid. Pero eso no cambia el hecho de que me has traicionado.

–Todo este tiempo he estado trabajando para demostrar tu inocencia –cerró los ojos y aceptó la dolorosa verdad–. Pero no eres inocente; ¿no es verdad? –inquirió abriendo los ojos de nuevo.

Jack frunció el ceño.

–¿A qué diablos viene eso? Acabas de decir que no crees que asesinase a mi padre.

–Y no lo creo.

–Pues entonces explícate.

–Me refiero a tu plan de destruir todo lo que tu padre construyó a lo largo de su vida –le contestó Nikki. A menos que alguien lo detuviera. Tantos secretos… Tantas maquinaciones… Todo aquello la agotaba. Dejó escapar un suspiro–. Lo nuestro fue un error.

–En eso estamos de acuerdo.

Tenía que hallar el modo de hacerle ver que su

venganza contra los Kincaid no tenía sentido. Dio un paso hacia él, y de inmediato el recelo asomó a los ojos de Jack, así que se humedeció los labios y probó con una táctica distinta.

—Jack, ¿llegaste a leer la carta que te dejó tu padre?

Era evidente que no se había esperado esa pregunta, y el recelo de Jack aumentó.

—No.

—Le dejó una a cada uno de sus hijos, y por lo que he oído a tu madre también. Debe haber una razón para que te escribiera una carta a ti también, algo que quisiera decirte. ¿No sientes siquiera curiosidad?

—La relación entre mi padre y yo era... complicada.

—Yo no puedo decir lo mismo —contestó ella.

—Eso ha sonado un tanto críptico. ¿Te importaría explicarte?

Nikki vaciló. No era algo de lo que le gustase hablar, pero quizá si Jack comprendiera por qué había empezado a trabajar para el Grupo Kincaid comprendiera su lealtad hacia los Kincaid.

—De no ser por tu padre, no tendría una carrera profesional como detective.

—Te echó una mano cuando estabas empezando, ¿no? ¿Y qué? —respondió Jack encogiéndose de hombros.

—No, no es eso lo que hizo por mí. De hecho, cuando empecé a trabajar ni siquiera lo conocía.

—¿Entonces?

–Me ayudó a salvar mi reputación después de que mi anterior jefe la hiciera pedazos –respondió Nikki–. Me sacó de un buen lío.

Jack frunció el ceño.

–¿Qué clase de lío?

Nikki detestaba hablar de aquello; se odiaba a sí misma por haber sido tan ingenua, especialmente teniendo en cuenta que su padre había sido policía y que siempre le había dicho que tenía que andarse con cuidado y ser una persona íntegra. El hombre del que se había enamorado carecía de integridad, y aquello había terminado salpicándola.

Ojalá hubiese aceptado la copa que Jack le había ofrecido, pensó; de repente se notaba la boca terriblemente seca.

–Fue el primer empleo que tuve después de terminar mis estudios, y cometí el típico error que cometen tantas mujeres cuando empiezan a trabajar.

A Jack solo le llevó un momento atar cabos. Esa destreza mental era algo que admiraba en él.

–Te enamoraste de tu jefe.

Nikki contrajo el rostro. Era tan joven cuando aquello pasó…, sabía tan poco de la vida…

–Sí. Y lo que es peor: me convenció para que mantuviéramos lo nuestro en secreto. Incluso me prometió que nos casaríamos, y que una vez estuviéramos casados ya podría decírselo a mi familia y a todo el mundo. Si mi padre hubiese estado aún vivo no lo habría permitido.

Jack asintió y su mirada se tornó compasiva.

–Recuerdo que un día, hablándome de él, me

dijiste que tenía una habilidad especial para calar a las personas.

—Y yo creía que la había heredado de él, pero… no sé, quizá el pensar así hizo que creyera que algo así no me podía pasar a mí.

Jack fue hasta el mueble bar, le sirvió un vaso de whisky y se lo llevó.

—Toma, creo que tú lo necesitas más que yo.

Nikki lo aceptó con una sonrisa agradecida y tomó un trago. El licor le quemó la garganta, pero al cabo de un momento notó que el calorcillo que invadió su cuerpo la calmaba un poco.

—Los detalles no son importantes. Digamos simplemente que Craig, mi jefe, utilizó mi nombre para una estafa inmobiliaria. Cuando se descubrió el pastel él ya se había esfumado, y yo quedé como la culpable de todo.

—¿Y cómo es que mi padre acabó implicándose en ese asunto?

—Era muy amigo de mi abuelo Beaulyn, mi abuelo materno.

Jack frunció el ceño, como si el apellido le resultara familiar, y Nikki se quedó paralizada, preguntándose si no habría sido un error terrible mencionar su nombre, pero al final Jack se limitó a decir:

—Pero tu padre era policía, y recuerdo que en una ocasión me dijiste que tu familia materna pertenecía a la aristocracia de Charleston, ¿no? Me sorprende que permitieran el matrimonio entre tus padres.

Nikki se encogió de hombros.

—Se conocieron en la universidad y no les importó que pertenecieran a clases sociales distintas. Mi madre siempre dice que fue amor a primera vista –le explicó Nikki–. Cuando tuve esos problemas por culpa de mi jefe tu padre se sentía en deuda con mi abuelo y decidió ayudarme.

—¿Por qué se sentía en deuda con él?

Aunque Nikki habría querido poder contarle toda la verdad, pensó que sería mejor ir poco a poco.

—Es un poco largo de explicar, pero mi abuelo era un sagaz hombre de negocios, que había amasado una impresionante fortuna gracias a sus negocios inmobiliarios. Y luego estaba el hecho de que pertenecía a una familia noble.

Jack entornó los ojos.

—Y eso sin duda empujó a mi padre a arrimarse a él, ¿me equivoco? Una de las razones por las que se casó con Elizabeth Winthrop era que con esa alianza esperaba ser aceptado por la alta sociedad de Charleston. A esa gente los nuevos ricos les parecen advenedizos.

Nikki sospechaba que decía eso por su experiencia personal, y no pudo evitar recordar la subasta de solteros, donde la mayoría de los presentes lo habían mirado por encima del hombro y ninguna mujer, a excepción de ella, había pujado por él.

—La cuestión es que eran amigos y cuando tu padre se enteró de lo que me había ocurrido, supongo que por mi madre, no solo me ayudó y salvó mi reputación, sino que también me dio trabajo en el Grupo Kincaid.

–Así que tú también te sientes en deuda con él.

–Estoy en deuda con él, Jack –dijo Nikki sin vacilar–. Tu padre tenía sus defectos, no voy a negarlo, pero también tenía sus virtudes, y creo que tú has heredado muchas de ellas. Y no me cabe ninguna duda de que quería a sus hijos; a todos.

–Y supongo que eso nos lleva de nuevo a la carta que me dejó.

Nikki asintió.

–¿No sientes curiosidad por saber por qué tu padre te dejó un porcentaje tan grande de las acciones del Grupo Kincaid?, ¿por qué dividió otro cuarenta y cinco por ciento de las acciones entre R. J., Matt, Laurel, Lily y Kara?

–No.

Nikki suspiró. Aquel era uno de los defectos que Jack había heredado de su padre: el verlo todo o blanco o negro.

–Así que lo único que te importa es que con el cuarenta y cinco por ciento que te dejó puedes conseguir el control de la compañía, ¿no es eso? –le dijo decepcionada–. El que te haya puesto en bandeja la oportunidad de vengarte de tus hermanos.

–No son mis hermanos –replicó él airado.

–Por supuesto que lo son. Y no te han hecho nada, Jack. Hasta la muerte de vuestro padre ni siquiera sabían que existías.

Jack apretó los labios.

–Tampoco se puede decir que me recibieran con los brazos abiertos.

–¿Y tú lo habrías hecho en su lugar?

Jack hizo un gesto de impaciencia.

–¿Por qué estamos hablando siquiera de esto? Se suponía que habías venido para que habláramos de tu informe, y hemos hecho de todo menos eso.

–Esperaba poder hacerte comprender la difícil posición en la que me encuentro, en la que estamos todos por los errores de vuestro padre. Los Kincaid quieren que te investigue y tú quieres que los investigue a ellos.

–No, lo que te pedí fue que encontraras a la persona a la que mi padre le legó el diez por ciento restante de las acciones de la compañía.

–Verás, Jack…

Él entornó los ojos.

–Sé que estás buscando a esa persona, pero no para darme esa información a mí, sino a los Kincaid –adivinó–. R. J. ya te lo había pedido, ¿no es así? Porque si ellos consiguen el voto de ese accionista para la junta anual se harán con el control de la compañía. Por eso has estado camelándome todos estos meses, para ganar tiempo y que R. J. pueda hablar con esa persona antes que yo y conseguir su voto.

Nikki se quedó callada, esperando que Jack rectificara sus palabras, pero cuando vio que no iba a hacerlo, se dirigió hacia la puerta para marcharse. Sin embargo, al llegar a ella se detuvo y se volvió hacia Jack.

–¿Sabes?, aunque admiraba muchísimo a tu padre y sentía afecto por él, había algo de él que nunca me gustó. Para ser una persona tan cariñosa y generosa, también tengo que decir que era el hombre más inflexible que he conocido, sobre todo cuando se proponía algo. Me parece que es una pena que hayas salido en eso a él.

Y dicho eso salió de su despacho. Nunca hubiera pensado que al marcharse de allí podría sentirse peor de lo que se había sentido al llegar.

¿Qué iba a hacer ahora? Las cosas estaban poniéndose cada vez peores entre los Kincaid y Jack. Solo faltaba una chispa para que se declarasen la guerra abiertamente. Y por desgracia ella era esa chispa.

Porque tan pronto como se descubriese que era a ella a quien Reginald Kincaid le había legado el otro diez por ciento de las acciones, estaría en el punto de mira de Jack y los hermanos Kincaid.

¿Cómo lo había conseguido? Jack soltó una palabrota entre dientes y fue hasta su mesa para tomar la carpeta que Nikki le había dejado. ¿Cómo había conseguido hacerle parecer de repente el malo de la película? Era ella quien lo había traicionado a él. Todo ese tiempo había estado trabajando para el enemigo, reuniendo Dios sabía qué información para los Kincaid para que ellos la usaran en su contra.

Y encima había tenido la desfachatez de mirarlo con ojos de cordero degollado y reprocharle, como si él hubiera hecho algo malo. Se negaba a caer en su juego; Nikki debería haberle dicho la verdad desde el principio.

¿Y si lo hubiera hecho?, le preguntó una vocecilla en su mente. Jack maldijo de nuevo y se dejó caer en su sillón. ¿Habría intentado volverla en contra de los Kincaid? ¿La habría sobornado? ¿Se habría valido de lo que había entre ellos para hacerla ir en contra de sus principios, del código ético que le había inculcado el padre al que tanto adoraba? No quería creer que fuera capaz de caer tan bajo, pero sabía que no había nada de racional en sus ansias de venganza contra los Kincaid.

Y lo que era peor: Nikki tenía razón en que era tan cabezota como lo había sido su padre. Lo único que había hecho desde que había alcanzado la edad adulta había sido intentar eclipsar a la compañía a la que su padre le había dedicado toda su vida.

Jack contrajo el rostro, recordando los motivos que le habían llevado a crear Carolina Shipping. Era el primogénito, pero su padre no lo había reconocido hasta su muerte, y por eso había decidido que demostraría que era mejor y más capaz que sus hermanastros, los hijos legítimos. Siempre había querido que su padre reconociese su valía, pero ahora que estaba muerto eso ya nunca ocurriría.

Jack echó la cabeza hacia atrás con un suspiro. Genial. Sencillamente genial. Punto para Nikki. Durante todos esos años nunca se había parado a pensar en los motivos que subyacían a su deseo de triunfar. Y habría preferido que siguiera siendo así hasta el día en que se hiciera con el control del Grupo Kincaid. Ahora incluso se le negaba eso, y todo por culpa de la única mujer de la que había estado a un paso de enamorarse.

¿Y esa historia que le había contado de su primer empleo? ¿Podría ser que no le hubiera dicho que estaba trabajando para los Kincaid por temor a que la utilizara como su jefe la había utilizado. Las circunstancias eran muy distintas, pero aún así... Jack se irguió en el asiento y admitió, por mal que le sentara, que tal vez Nikki tuviera sus razones para obrar como había obrado. Otro punto para ella.

Si hubiera sabido desde un principio que trabajaba para el Grupo Kincaid era muy posible que se hubiese aprovechado de lo que había entre los dos para conseguir sus propósitos. Aquel pensamiento le dejó un regusto amargo en la boca. Y lo que era aún peor: hacía un momento había estado a punto de presionarla para que encontrara al accionista misterioso, para que le diera esa información a él antes que a los Kincaid. ¿Qué diablos le estaba pasando? y, ¿cómo podía arreglar las cosas?

Como no se le ocurría ninguna respuesta, abrió la carpetilla que la había dejado Nikki y se puso a leer el informe. No fue capaz de ponerle ni una pega. Era conciso, preciso, y no tomaba partido ni por él ni por los Kincaid, incluso en la parte en la que se refería al hecho de que su Aston Martin estaba en un aparcamiento cerca de las oficinas del Grupo Kincaid en la noche en que su padre había sido asesinado. No sabía cómo era eso posible, cuando él lo había dejado en el aparcamiento de Carolina Shipping al llegar al trabajo y aún estaba allí cuando se marchó.

Un detalle que le resultó curioso fue que en una

nota al final Nikki mencionaba que su padre, Peter Thomas, había sido compañero del detective que estaba investigando el caso, Charles McDonough.

Jack volvió a repasar el informe desde el principio, pero no encontró nada que Nikki hubiera podido averiguar aprovechándose de su relación. Todos los hechos estaban perfectamente documentados. Nikki habría sido una excelente policía, pero, por lo que le había contado, había escogido una profesión distinta a petición de su familia, después de que su padre muriese en el cumplimiento del deber.

Le habría gustado conocer al padre de Nikki; estaba seguro de que había salido a él. Luego, sin embargo, un pensamiento incómodo cruzó por su mente. ¿Qué habría pensado el señor Thomas de él? ¿Lo habría metido en el mismo saco que a Craig y le habría aconsejado a su hija que pusiese fin a su relación con él? Probablemente. Con un suspiro, Jack dejó a un lado el informe.

¿Qué tenía Nikki que siempre hacía que se mirase a sí mismo y se viese todos los defectos? No era una mala persona. Era honrado, trabajador y generoso. También era ambicioso y cabezota. Pero esos cuatro meses que habían estado juntos habían sido perfectos. Hasta que aquellos condenados Kincaid habían vuelto a interponerse entre ellos. Jack se levantó con decisión. Sabía lo que tenía que hacer, y cuanto antes lo hiciese, mejor.

***

No tardó mucho en llegar a Rainbow Row, donde vivía Nikki, en un caserón antiguo que había heredado de su abuela materna. Aunque en la noche de la subasta le había dicho que la familia de su madre era gente de alta alcurnia, no le había dicho que su apellido materno era Beaulyn.

Sin duda debía haberle preocupado que esos vínculos familiares pudiesen generar roces entre ellos por la animosidad que él sentía hacia la alta sociedad en general. Sin embargo, aquel apellido le resultaba familiar, y no porque fueran gente importante.

Al llegar al porche se quedó dudando un instante, preguntándose si debería llamar, pero decidió que no era buena idea porque seguramente, enfadada como estaba, Nikki no querría abrirle. En vez de eso usó la llave que ella le había dado para entrar y cerró tras de sí.

—¿Nikki? —la llamó.

Oyó pasos, y poco después apareció Nikki. Se había cambiado el traje de chaqueta y pantalón por un vestido camisero y estaba descalza. Se detuvo a un par de metros de él, y se quedó mirándolo durante un momento que a Jack se le hizo interminable, pero algo en sus ojos debió darle una pista de por qué estaba allí, porque de sus labios escapó un gemido ahogado y corrió a sus brazos.

Jack la abrazó con fuerza.

—Perdóname —murmuró, y ella se limitó a sacudir la cabeza y apretar el rostro contra su pecho. Jack se dio cuenta de que estaba llorando—. Oh,

Dios… No llores, Nikki, por favor… Lo siento muchísimo…

Al ver que ella seguía sin contestar, la alzó en volandas y la llevó al dormitorio, donde se descalzó y se tumbó con ella en la cama, abrazándola hasta que dejó de llorar.

–¿Estás bien? –le preguntó suavemente, apartándole el flequillo para besarla en la frente.

Nikki bajó la cabeza.

–No me mires; debo estar horrible. Se me ponen las mejillas y la nariz rojas y empiezo a moquear. Mi madre siempre dice que debe venirme de la familia de mi padre, porque en la suya las mujeres no se ponen así de feas cuando lloran.

Jack sonrió divertido.

–Ya veo. Ahora casi me da miedo mirarte.

A Nikki se le escapó una risa entrecortada.

–¿Por qué has venido, Jack?

–¿De verdad hace falta que lo diga?

Odiaba eso de diseccionar cada detalle después de una discusión. ¿Cuántas conversaciones de ese tipo había escuchado entre sus padres, cada vez que se habían peleado y luego se habían reconciliado? Demasiadas. Sus padres siempre habían acabado haciendo el amor cuando se reconciliaban, y nunca habían sido discretos. Su hermanastro Alan, hijo del matrimonio de su madre con Richard Sinclair, y él lo habían oído todo cada vez desde su dormitorio. Alan siempre se había mostrado incómodo con esa pasión desbordada, una pasión que su madre, Angela, nunca había compartido con Richard, el padre de Alan.

A veces Jack se preguntaba si Alan estaría resentido por aquello. Teniendo en cuenta lo protector que era con su madre, cabía la posibilidad de que así fuera, por mucho que siempre hubiese asegurado haber sentido afecto por Reginald.

Alan era más sociable, mientras que él siempre se había cerrado a los demás, levantando un muro a su alrededor para proteger sus emociones. Nunca se dejaría arrastrar por ellas de un modo irracional como habían hecho sus padres, destrozando tantas vidas.

Nikki dejó escapar un profundo suspiro que interrumpió sus pensamientos.

—¿Esperabas que con solo presentarte aquí yo accediera a que retomáramos lo nuestro donde lo habíamos dejado como si no hubiera pasado nada? —le preguntó.

Jack contrajo el rostro.

—Por supuesto que no; yo…

—Jack… —lo amonestó ella enarcando una ceja.

—Está bien, está bien. ¿Quieres oírmelo decir otra vez? Lo siento.

Nikki lo miró suspicaz.

—¿Qué es lo que sientes?

—No quería… me espantaba pensar que pudieras estar comportándome como ese jefe tuyo, ese tal Craig.

Nikki no debía haberse esperado esa respuesta, porque lo miró confundida y le dijo:

—¿Craig? Tú no te pareces en nada a Craig.

—No sé si tu padre estaría de acuerdo en eso —replicó él–. Si me hubieses dicho desde un principio que trabajas para el grupo Kincaid, creo que es probable que me hubiera aprovechado de nuestra relación para intentar convencerte de que espiaras a los Kincaid.

Nikki entornó los ojos.

–Pues, para tu información, no lo habrías conseguido.

–No estés tan segura –Jack deslizó el dorso de la mano por la mejilla y el cuello de Nikki, haciéndola estremecer de placer–. Puedo ser muy persuasivo cuando quiero.

Nikki se echó hacia atrás, como si esos centímetros más de distancia entre ellos fueran a ayudarla a resistirse a él. Jack se habría reído de no haber sido por la expresión suspicaz de Nikki.

–Solo por curiosidad: ¿qué clase de información me habrías pedido que reuniera?

–Pues… no sé, información que pudiera usar para hacerme con el control del Grupo Kincaid.

–Jack, el único modo de hacerte con el control de la compañía es que controles también la mayor parte de las acciones. Cuando no sabías que trabajaba para los Kincaid me pediste que averiguara quién es el accionista que falta, y puesto que me habrías pedido eso mismo aunque hubiese sabido que trabajaba para ellos, no veo de qué modo podrías haberme utilizado.

Jack se quedó pensativo antes de asentir.

–Un razonamiento un tanto retorcido, pero cierto –concedió–. Pero… ¿y si te hubiera pedido que me consiguieras alguna información con la que poder dañar la reputación de R. J., de Matt, o de una de sus hermanas? Información que pudiera usar en su contra en la junta anual.

—Me habría negado —contestó ella con cierta exasperación—. Además, aunque buscara debajo de las piedras no encontraría esa clase de información. Jack, tus hermanos son buena gente. Si les dieras una oportunidad lo descubrirías por ti mismo.

Jack apretó la mandíbula.

—No tengo la menor intención de entablar una relación con ellos.

—Por Dios, Jack… —Nikki se acercó y le acarició la mejilla—. No te han hecho nada.

—Eso no cambia la actitud de desprecio que tienen conmigo.

—Han asesinado a su padre, un hombre al que quisieron y respetaron durante toda su vida —le respondió ella—. Un hombre al que creían que conocían. Y de repente se encuentran con que durante años les había ocultado que tenía otra familia. Lleva tiempo digerir algo así.

—Han tenido cinco meses para digerirlo —insistió él obstinadamente.

—Jack, ellos no tienen la culpa de la situación en la que os encontráis, igual que tampoco lo es tuya. La responsabilidad es de vuestro padre.

Jack sabía que no estaba siendo razonable, pero eso no cambiaba el hecho de que durante toda su vida había vivido en la sombra, que no se había sentido aceptado por la sociedad como los Kincaid, y todo porque había tenido la desgracia de ser un hijo bastardo. Durante años había competido con el Grupo Kincaid, luchando con uñas y dientes, mientras que a sus hermanastros se lo habían puesto todo en bandeja de plata. Pero muy pronto todo eso cambiaría. Pronto se verían obligados a responder ante él. Estaba impaciente por que llegara ese momento. La venganza sería muy dulce.

Nikki suspiró, rompiendo el silencio.

—Lo único que digo es que te plantees al menos darles una oportunidad.

—Muy bien —dijo él zanjando el asunto—. Siguiente problema.

—Las acciones que faltan —murmuró Nikki.

Jack asintió.

—Sé que antes o después darás con esa persona, Nikki —dijo—. ¿Qué harás con esa información cuando la tengas?

—Para serte sincera, no lo sé —le confesó ella.

—Al menos espero que nos la des a R. J. y a mí al mismo tiempo para que ninguno de los dos tenga ventaja sobre el otro.

Nikki bajó la vista, confirmándole lo incómoda que se sentía con aquel tema. Ahora que lo pensaba, siempre se había comportado del mismo modo cuando había salido a colación. Siempre apartaba la vista o intentaba cambiar de tema. Y ya sabía por qué.

—Lo pensaré —murmuró Nikki finalmente.

Tendría que darse por satisfecho con eso.

—Hay una cosa más que quiero pedirte —le dijo.

–Casi me da miedo preguntar qué es.

El tono receloso de Nikki le hizo darse cuenta de que la había estado presionando demasiado. Sin embargo, aquello era importante. Más que importante.

–Leí el informe que me dejaste. Y es un informe excelente: muy preciso y objetivo.

–Gracias. Hago mi trabajo lo mejor que puedo.

–No sabía que Charles McDonough había sido compañero de tu padre en la policía.

Nikki asintió.

–Nuestras familias han mantenido una estrecha amistad todos estos años –dijo–. ¿Por qué no vas al grano, Jack? ¿Qué es lo que quieres de mí?

Había llegado el momento de la verdad.

–Necesito que me ayudes a limpiar mi nombre.

Capítulo Tres

La expresión de Nikki se suavizó.

–Jack, sé que tú no mataste a tu padre. No estaría en la cama contigo si dudara lo más mínimo.

–Pues debes ser la única murmuró él aflojándose el nudo de la corbata, que parecía que estuviese intentando ahogarlo–. La policía me tiene en el punto de mira. McDonough me ha interrogado ya un par de veces, y tengo la sensación de que soy su principal sospechoso.

–Que sospeche de ti no significa que te vaya a arrestar, y mucho menos que te vayan a acusar de nada –le dijo Nikki, aunque no parecía tenerlas todas consigo.

–Lo sé, y ahora mismo lo único que tienen son pruebas circunstanciales, como el hecho de que mi coche estuviera en ese aparcamiento la noche del crimen. Quiero que me ayudes a encontrar a la persona que mató a mi padre. Y si no podemos averiguar quién fue el asesino, por lo menos querría que me ayudases a demostrar que no fui yo.

Nikki sacudió la cabeza.

–No puedo ni voy a interferir con las investigaciones de la policía. Por mucho que Charles sea un viejo amigo de la familia, no lo consentiría.

–No te estoy pidiendo que interfieras, Nikki. Tu informe me ha parecido brillante: lógico, cuidadoso, completo… Tienes una gran capacidad de análisis, y eres capaz de tamizar un gran cantidad de detalles para extraer lo que es verdaderamente importante. Por eso necesito tu ayuda.

Nikki se encogió de hombros.

–No sé qué esperas que pueda descubrir yo cuando la policía no está haciendo ningún progreso.

–No tengo muy claro que el problema sea tanto que no puedan avanzar en la investigación como que no quieren hacerlo cuando les resulta más que conveniente tener a un sospechoso tan a mano.

–Oh, vamos, Jack –le reprochó ella, poniéndole una mano la su mejilla–. Charles sería incapaz de hacer algo así.

Jack le besó la palma de la mano.

–Los Kincaid estarían encantados si la policía me acusara del asesinato –dijo–. De hecho, no me sorprendería que estuvieran intentando convencer al detective McDonough de que soy el asesino. No solo se desharían de los problemas que le estoy causando al Grupo Kincaid, sino que además se quitarían de en medio al hijo bastardo.

–En primer lugar, Charles no se dejaría manipular de ese modo. Si no ¿cómo explicarías que arrestara a la esposa de tu padre? Y no dejaron libre a Elizabeth hasta que ella permitió que Cutter Reynolds admitiera que había estado con él la noche del asesinato y que estaban teniendo un romance desde hacía tres años.

Jack asintió de mala gana.

–Tienes razón. Pero a lo largo de estos cinco meses la lista de sospechosos se ha ido reduciendo más y más, y yo soy el principal sospechoso. Y me niego a quedarme sentado a esperar y que se saquen de la manga una prueba falsa que me incrimine. Si no quieres ayudarme lo haré yo solo.

Nikki frunció el ceño.

–No me estás dando demasiado margen para escoger, Jack.

–Ya te decía que es posible que haya en mí algo de ese Craig –murmuró él.

Para alivio de Jack, el enfado se disipó de las facciones de Nikki.

–Tú nunca serás como Craig –le dijo con ternura.

Jack la atrajo hacia sí y la besó suave y lentamente, tirándole del labio inferior con los suyos y deslizando la lengua por el borde antes de introducirla en su boca.

–Hazme el amor, Jack… –le pidió Nikki en un susurro.

Él no se hizo de rogar. Se echó hacia atrás, poniéndose de rodillas, y se quitó la chaqueta y la corbata. Luego se desabrochó la camisa mientras Nikki se ocupaba del cinturón y de la cremallera de sus pantalones con bastante torpeza por la impaciencia.

Cuando por fin estuvo desnudo, Jack se encargó de sacarle a Nikki por la cabeza el vestido. Debajo llevaba el sujetador y las braguitas azul marino que había tenido el placer de verle ponerse esa mañana.

Ahora tendría el placer de quitárselos, se dijo mientras se ponía manos a la obra.

Nikki se había soltado el cabello, y le caía sobre los hombros como una capa de terciopelo negro, creando un hermoso contraste con su blanca piel. Se recostó sobre los almohadones, y le dedicó una sonrisa de sirena, una promesa silenciosa de los placeres que estaban por llegar.

Por un instante fue como si el tiempo se detuviera. Desde la primera vez que había visto a Nikki en la subasta de solteros se había quedado prendado de ella. Nikki se detuvo y alzó la vista hacia él, que estaba observándola desde un balcón, como si hubiera sentido su mirada, y cuando sus ojos se encontraron la deseó con una ferocidad con la que nunca había deseado a ninguna otra mujer.

Nikki se había quedado mirándolo sin el menor temor, con esos increíbles ojos de zafiro, y luego lo había sorprendido al ofrecer mil dólares por salir a cenar y a bailar con él una noche, cuando el resto de las mujeres se negaron a pujar por él.

Luego lo había vuelto a sorprender al reclamar un incentivo adicional, un deseo que él debería concederle cuando ella se lo pidiese. No había llegado a formular ese deseo, pero no tenía la menor duda de que en algún momento lo haría.

Esa noche la había besado. Desde ese primer beso se había sentido conectado a ella de un modo que no podía explicarse. La intensidad de sus sentimientos le preocupaba, porque le recordaba demasiado a lo que había habido entre su padre y su madre. Y no solo eso: lo que sentía por Nikki le hacía cuestionarse sus metas y sus motivaciones. Aquello no le gustaba, pero no podía negar su deseo por ella, ni parecía poder saciarlo.

–¿Qué ocurre? –le preguntó Nikki con suavidad.

–Nada, solo que tienes el don de descolocarme por completo –le confesó él–. Tu belleza siempre me deja aturdido.

–¿Debería disculparme por ello? –le preguntó Nikki traviesa.

Ya lo creo.

–Pues es una lástima, porque me gusta descolocarte –respondió ella.

Y como para demostrárselo lo agarró del brazo y tiró de él hacia sí. Jack, que no se lo esperaba, perdió el equilibrio y apoyó ambas manos en el colchón para no caer con todo su peso sobre ella.

–Tienes mucho peligro –murmuró–. Lo supe desde el momento en que pujaste por mí.

–Lo sé. Y eres mío –respondió ella tirándole de los hombros para apretarlo contra sí, piel contra piel. Luego se quedó mirándolo vacilante y se puso muy seria.

–Jamás te traicionaría, Jack. Quiero que lo sepas.

–Tu informe me lo ha demostrado –respondió él igual de serio–. Había unos cuantos detalles que podrías haber incluido en él y no lo hiciste.

–¿Qué detalles?

–En estos tres últimos meses te he mencionado acuerdos con nuevos clientes que esperaba poder cerrar. Podrías haberlo puesto en ese informe.

Ella frunció el ceño.

–¿Y cómo sabes que no lo hice? Podría habérselo dicho en persona. Habría sido estúpido por mi parte dejar constancia de ello sobre el papel sabiendo que podría enemistarme contigo.

–Pero no lo hiciste, porque sino no habría conseguido cerrar esos acuerdos. ¿Y por qué estamos discutiendo sobre esto cuando podríamos estar haciendo un montón de cosas mucho más interesantes? –le reprochó Jack acariciándole el cabello.

Nikki sacudió la cabeza.

–No lo sé…

Tomó su rostro entre ambas manos y levantó la cabeza para besarlo lenta y sensualmente; un anticipo de todas esas cosas interesantes que estaban a punto de hacer.

–Solo quiero que sepas que, pase lo que pase, jamás te traicionaré.

Había algo de ominoso en aquellas palabras, pero Jack se negó a analizarlo cuando tenía a una hermosa mujer desnuda debajo de él.

–Te agradezco que me tranquilices a ese respecto –murmuró.

Y antes de que ella pudiera decir nada más, tomó uno de sus senos en la palma de la mano y bajó la cabeza para succionarlo con la boca. Nikki jadeó de placer.

–Otra vez… Hazlo otra vez, por favor…

En vez de contentarla, Jack tomó el otro seno y lamió el pezón antes de soplar sobre él. Nikki se estremeció y cuando se movió impaciente debajo de él, la fricción de sus cuerpos incrementó el deseo de ambos.

Por muchas veces que hicieran el amor, Jack jamás se cansaba de redescubrir sus curvas, generosas o delicadas, en las partes de su cuerpo donde debían serlo. Mordisqueó el pezón y tiró suavemente de él, haciendo que Nikki se arqueara con un grito incoherente antes de enredar los dedos en su corto cabello para que no pudiera apartarse de su pecho.

Incapaz de resistirse, dejó que sus manos descendieran por el cuerpo de Nikki hasta llegar a la unión entre sus muslos. Ella abrió las piernas y Jack apretó la palma de la mano contra su calor, deleitándose en la suavidad de su piel, que no podía compararse con nada.

Mientras estimulaba con los dedos esa parte húmeda de su cuerpo, tomó de nuevo su boca en un profundo beso con lengua, y Nikki lo hizo rodar con ella para colocarse encima. Interrumpió el beso para deslizar las manos por su tórax, e imitó todo lo que él le había estado haciendo a ella, succionando y mordisqueando ávidamente sus pezones.

Sus manos, entre tanto, no permanecieron ociosas, sino que buscaron su miembro erecto y lo acarició hasta que Jack tuvo la sensación de que iba a salir ardiendo. Solo cuando creía que no iba a poder aguantar más, Nikki descendió por fin sobre él, envolviéndolo en su calor. Se detuvo un instante que a él le pareció una eternidad, como una diosa pagana a horcajadas sobre él, con la cabeza echada hacia atrás y el cabello cayéndole por la espalda. Luego comenzó a moverse, marcando los primeros pasos de una danza que habían ido perfeccionando en los cuatro meses que llevaban juntos.

Jack la asió por las caderas y se movió con ella, guiándola hasta que llegó un momento en que ninguno guiaba al otro ni se dejaba llevar. Eran solo un hombre y una mujer fundidos el uno con el otro, moviéndose al unísono como si fueran uno solo.

La danza se volvió más y más rápida hasta que llegaron al borde del precipicio. Jack se arqueó con un grito desgarrado de placer, y atrajo hacia sí a Nikki, que se estremeció con un intenso gemido antes de derrumbarse jadeante sobre él.

La rodeó con los brazos y susurró su nombre. Nikki plantó un beso en su pecho húmedo.

—Siempre pienso que no puede ser mejor —murmuró—, y siempre me demuestras lo equivocada que estoy.

—Lo hago lo mejor que puedo —respondió él con modestia.

Sintió a Nikki sonreír contra su pecho.

—Lo sé. Y ahora a callar y a dormir.

—Creía que era yo quien solía decir eso.

Nikki se rio.

—Pero como yo estoy encima, esta vez lo digo yo.

Jack se quedó dormido antes de que la sonrisa se borrara de sus labios.

Nikki se despertó en medio de la noche, desorientada por el duro cuerpo viril debajo del suyo. Se movió, y se rio divertida al darse cuenta de que Jack estaba tumbado boca abajo, y ella también, encima de él, como si fuera una manta. Su risa lo arrancó del sueño.

—¿Qué diablos…?

—Parece que me he convertido en una pervertida mientras dormía —comentó ella jocosa.

—Pues en esta postura no podríamos hacer mucho ninguno de los dos.

Nikki le dio una palmada en el trasero.

—Habla por ti —se quitó de encima de él, sentándose a su lado, y miró soñolienta el reloj digital sobre la mesilla. Eran casi las dos de la madrugada, y ninguno de los dos había cenado—. Me muero de hambre; ¿tú no?

—Sería capaz de comerme una vaca entera, con las pezuñas y todo —contestó él incorporándose.

Nikki se rio.

—No tengo una vaca entera en el frigorífico, pero filetes de ternera sí.

—Pues vamos a la cocina.

Antes de salir del dormitorio Nikki tomó su batín de seda.

—No pienso cocinar desnuda; podría saltarme el aceite.

—No veo yo que eso te vaya a proteger demasiado —contestó él poniéndose los pantalones.

—De ti no podría protegerme, desde luego —bromeó Nikki—, pero sí de que me salpique el aceite y me queme.

Por suerte no se produjo ningún incidente mientras preparaba los filetes, y aunque sí hubo alguna que otra caricia de Jack, no le reprendió. ¿Por qué iba a hacerlo cuando sus caricias eran tan agradables?

Cuando hubieron acabado de preparar la cena se sentaron allí mismo, en la cocina, y empezaron a comer en silencio.

—Ahora que lo pienso —dijo Jack al cabo de un rato—, no llegaste a responder la pregunta que te hice antes.

—¿Qué pregunta?

—Si me ayudarás a encontrar al asesino de mi padre.

Nikki vaciló, recordando lo que él le había dicho de que pensaba hacerlo con o sin su ayuda. No dudaba de que lo haría, y si lo hacía podía meterse en problemas. Quizá si estaba a su lado para evitar que cometiera alguna locura podría mantenerlo a salvo.

—Estoy dispuesta a ayudarte… con unas cuantas condiciones.

Jack bajó la vista a su plato y se puso a cortar otro trozo de filete con una sonrisilla en los labios.

—¿Por qué será que no me sorprende?

—En primer lugar, no haré nada que pueda dañar a los Kincaid o que interfiera con mi trabajo para el Grupo Kincaid.

Jack sacudió la cabeza.

—No puedo prometerte eso, Nikki. ¿Y si uno de ellos mató a mi padre?

—Eso es imposible —replicó ella con firmeza—. Igual que sé que no fuiste tú, estoy convencida de que tampoco pudo ser ninguno de tus hermanos.

Jack la miró irritado.

—Deja de llamarlos así. No son mis hermanos.

—Alan también es tu hermanastro, pero cuando hablas de él le llamas hermano.

—Solo cuando me veo obligado a hacerlo —contestó Jack sin mucho entusiasmo.

Nikki no pudo evitar reírse. No podía culparlo por esa respuesta. Alan era un poco… raro. Aunque era encantador, podía resultar un tanto cargante.

Tenía el cabello rubio y los ojos castaños como su madre, Ángela, pero a diferencia de esta, una mujer con agallas que no se arredraba ante las dificultades a pesar de su aspecto frágil, Alan solo transmitía la imagen de una persona débil y su actitud era la de alguien que creía que se lo merecía todo. En su testamento Reginald Kincaid había dispuesto que se le confiase un puesto a Alan en el Grupo Kincaid, pero en los cinco meses que habían pasado desde su muerte Alan no había reclamado el puesto.

—Volviendo al tema del que estábamos hablando —dijo Nikki—, tengo otra condición: si te ayudo, no será interfiriendo con la investigación policial de ningún modo. No quiero poner a Charles en una situación incómoda, ni hacer nada que pueda crearle problemas.

—Muy bien. ¿Algo más?

—Creo que no.

Apenas habían abandonado sus labios esas palabras cuando Jack se inclinó para besarla.

—Este beso sella nuestro acuerdo.

–Conociéndote, me parece que será mejor que me reserve el derecho a añadir alguna otra condición a nuestro acuerdo.

Jack negó con la cabeza.

–Demasiado tarde. Si quieres puedes intentar añadir alguna otra condición y lo consideraré, pero no puedo garantizarte que vaya a acceder.

–No es fácil hacer negocios contigo.

–¡Pero si estaba siendo tolerante contigo!

–Si a eso lo llamas ser tolerante, no quiero ni imaginarme cómo debe ser negociar contigo a cara de perro.

Esperaba no tener que sentarse nunca con él a negociar nada. Jack era un hombre que no se detenía ante nada ni ante nadie cuando se proponía algo, y haría bien en recordarlo. Para haberle ocultado durante meses que trabajaba para los Kincaid, se lo había pasado con demasiada facilidad. Podía decir que había tenido suerte. Podría no haberla perdonado, o que le hubiera dado igual poner punto final a su relación.

De pronto un pensamiento le cruzó por la mente: ¿y si tenía otros motivos para haber ido allí a reconciliarse con ella? ¿Y si lo había hecho solo porque la necesitaba, y no porque su relación le importaba más que su venganza contra los Kincaid o su deseo de limpiar su nombre?

Jack levantó la vista del plato y se quedó mirándola.

–¿Qué pasa? –le preguntó–. Pareces preocupada.

Nikki sacudió la cabeza, rehuyendo su mirada.

—No es nada.

Se obligó a esbozar una sonrisa y siguió comiendo. Seguro que sus temores no eran más que tonterías; tenían que serlo. Jack no la utilizaría de esa manera. ¿O sí?, se preguntó lanzándole una mirada furtiva.

El sábado por la mañana se quedaron en la cama hasta tarde, acurrucados el uno contra el otro.

—Bueno, ¿y por dónde vamos a empezar? —le preguntó Jack a Nikki cuando hubieron terminado el ligero *brunch* que se habían preparado.

Nikki vaciló.

—¿Quieres que sea yo quien lleve el timón?

—Claro. ¿Por qué no? —respondió él con una sonrisa mientras se levantaban y empezaban a recoger los platos—. Sé delegar responsabilidades; no soy uno de esos maniáticos que quieren tener todo el tiempo el control. Soy empresario, y sé que no se puede tener una empresa competitiva si no se distribuyen bien las tareas. Sé escoger a la persona que puede hacer mejor un trabajo, y para este trabajo no hay nadie mejor que tú.

—De acuerdo —Nikki se quedó pensando un momento. Era bastante obvio por dónde tenían que empezar—. Lo primero que deberíamos hacer es ir a hablar con Elizabeth.

Jack frunció el ceño, y Nikki creía saber por qué. Mientras que para los Kincaid su madre, Angela

55

Sinclair, era «la otra», para Jack esa otra era Elizabeth Kincaid, la mujer con la que se había casado su padre. Teniendo en cuenta lo protector que era Jack con su madre, estaba segura de que estaba resentido con Elizabeth porque su padre se había casado con ella y no con su madre.

–¿Para qué? –inquirió Jack de mala gana.

–Bueno, si te resulta difícil no tenemos por qué hacerlo –dijo Nikki acercándose a él y poniéndole una mano en el brazo–. De los Kincaid es con quien más te cuesta tratar, ¿no?

Jack titubeó, y por un momento Nikki creyó que iba a negarlo, pero finalmente agachó la cabeza y respondió:

–Elizabeth tiene lo que mi madre siempre ansió que mi padre le diera: su apellido. Cuando era un chiquillo habría dado lo que fuera para hacer realidad el sueño de mi madre.

–Pero Elizabeth no tiene la culpa de eso –le dijo Nikki suavemente.

–Lo sé. Mi lado racional sabe que es cierto, pero cuando entran en juego las emociones… –murmuró Jack sacudiendo la cabeza.

–Y por eso la odias.

–No la odio –confesó él–. Hasta bien entrada mi adolescencia no fui consciente de que lo que le estaban haciendo mis padres a Elizabeth estaba mal y que ella no tenía culpa de nada. Ella era la víctima. Pero no puedo evitar querer proteger a mi madre.

Nikki lo abrazó, y se sintió aliviada cuando él la rodeó también con sus brazos. Era como si otra de las barreras que se alzaba entre ellos se hubiese desvanecido.

—Lo comprendo.

—¿Por qué quieres que hablemos con Elizabeth?

—Porque aparte del asesino ella fue la última persona que vio a tu padre con vida. Creo que vale la pena escuchar de sus labios lo que pasó esa noche.

Él se quedó callado un instante antes de asentir.

—Sí, supongo que es lo lógico. ¿Por qué no la llamas? Creo que se mostrará más dispuesta a reunirse con nosotros si se lo pides tú.

Nikki tomó el móvil y llamó. Como esperaba, le costó convencerla cuando le dijo que querían hablar con ella del asesinato de Reginald. Entendía que quisiera dejar aquello atrás. Finalmente accedió a quedar con ellos en Maybelle's, una cafetería que no estaba lejos de allí.

Jack y ella fueron los primeros en llegar y pidieron una mesa al fondo. No tuvieron que esperar mucho a que apareciera la viuda, pero para su sorpresa llegó acompañada de su prometido, Cutter Reynolds.

Cuando se acercaron a la mesa Nikki notó de inmediato que estaba a la defensiva por lo tensa que se la veía. Aunque sabía que ese año iba a cumplir los sesenta, seguía siendo una mujer muy hermosa, y parecía al menos diez años más joven. Llevaba el cabello corto y con un peinado a la moda, y había logrado mantenerse esbelta y en forma.

–No sé qué queréis de mí, pero dudo que haya algo en lo que pueda ayudaros –les dijo.

Jack se puso de pie y vaciló un momento antes de tenderle la mano.

–Aun así, le agradezco que haya venido, señora Kincaid. Sobre todo teniendo en cuenta que debo representar un insulto hacia usted y su matrimonio.

Elizabeth Kincaid frunció el ceño y se quedó mirando su mano extendida. Cutter, que estaba detrás de ella, la llamó en voz baja, a modo de reproche, y la irritación se disipó de las facciones de Elizabeth, que claudicó con un suspiro y estrechó la mano de Jack.

–Pero llámame Elizabeth, por favor. Como si toda esta situación no fuese ya lo bastante incómoda… –dijo, y resopló exasperada–. No sé si ha sido buena idea reunirnos en un lugar público para que luego la gente pueda cuchichear sobre nosotros.

Jack se encogió de hombros.

–Bueno, ya que van a hablar de todos modos, démosles algo jugoso de lo que hablar.

Elizabeth levantó la barbilla.

–¿Cómo qué?

–En vez de comportarnos como esperan, podríamos fingir que nos llevamos bien. Uno de nosotros hasta podría sonreír una o dos veces.

Su idea hizo reír a Elizabeth, y Cutter y ella tomaron asiento.

–El otro día almorcé con tu madre –le dijo Elizabeth a Nikki–. Y te juro que cada día que pasa está más joven.

–Se pondrá muy contenta cuando se lo diga.

–Ah, no… Ni se te ocurra contarle que he dicho eso. No quiero que se le suba a la cabeza; si se entera no habrá quien la soporte.

En ese momento llegó la camarera para tomar nota de lo que iban a tomar.

–Una taza de té para mí, Jo –le dijo Elizabeth–. Y una porción de ese pastel vuestro tan rico de arándanos. O mejor, tráenos a todos. Les encantará.

–Sí, señora Kincaid –respondió la camarera, anotándolo en su libreta–. ¿Y usted, señorita? –le preguntó a Nikki.

–Un café solo.

Jack asintió.

–Lo mismo para mí.

–Que sean tres –le dijo Cutter con una sonrisa. Y cuando la chica se hubo marchado, les dijo a Jack y a Nikki–: Espero que no os moleste que haya venido. Sabiendo de lo que ibais a hablar pensé que no sería fácil para Elizabeth.

Jack los sorprendió a todos cuando respondió:

–No, me alegra que hayas venido –luego miró a Elizabeth y le dijo–. Y siento causarte más estrés con esto. Imagino que sabrás que la policía ha cambiado su línea de investigación recientemente, y que ahora es de mí de quien sospechan.

–Lo sé –asintió ella–, aunque no entiendo qué tiene que ver eso conmigo.

–No tiene nada que ver contigo, pero quiero demostrar que no fui yo quien asesinó a mi pa… a Reginald. Quiero limpiar mi nombre.

Al verlo titubear al decir la palabra padre, Elizabeth parpadeó, y lo sorprendió también cuando lo miró compasiva y le respondió:

—Era tu padre, Jack. No vas a molestarme ni a ofenderme por llamarle así. Tienes tanto derecho a llamarlo así como cualquiera de mis hijos.

Jack cerró los ojos un instante. No había esperado recibir esa clase de cortesía de la persona que más dañada había resultado por los engaños de su padre. Y tampoco había esperado el sentimiento de vergüenza y remordimiento que lo invadió al oírle decir esas palabras. Aunque quería y admiraba muchísimo a su madre, nunca entendería cómo pudieron hacerle su padre y ella algo así a Elizabeth Kincaid.

Quizá podría mitigar el dolor de aquella mujer si le mostrase la misma cortesía que ella acababa de mostrarle a él.

—No estuvo bien lo que te hicieron mi madre y él. Y aunque puede que no sirva de mucho, quiero que sepas que lo siento. Debería haberte pedido el divorcio antes de volver con mi madre. Es lo que habría hecho un hombre honorable.

Los labios de Elizabeth temblaron, pero hizo un esfuerzo por reponerse y le respondió en un murmullo:

—Tienes razón; debería haber actuado de un modo más honorable. Pero también habría sido más honorable que yo le hubiera pedido el divorcio hace años, cuando encontré su diario y descubrí que había tenido un hijo con otra mujer —le confesó. Apretó los labios–. Supongo que Reginald y yo solo queríamos proteger a nuestros hijos, cuando en realidad no necesitaban que los protegiéramos de nada.

Cutter puso su mano sobre la de ella y se la apretó.

–Todo eso ya es agua pasada, Lizzie. Hay cosas que no se pueden cambiar.

–Aun así me dolió descubrir que amaba a otra mujer más que a mí. Igual que me dolió el hecho de que a ella le dejara una carta a su muerte y a mí ni siquiera me dedicara dos líneas, como si no me mereciese la más mínima explicación.

Jack entornó los ojos.

–Eso se me debió pasar por alto el día de la lectura del testamento. ¿No te dejó una carta como al resto de nosotros?

Capítulo Cuatro

Elizabeth alzó la barbilla, y la ira brilló en sus ojos verdes.

–No, no me dejó ninguna carta –dijo con aspereza–. Y lo peor fue las últimas palabras que cruzamos. Mientras que a todos vosotros os dedicó palabras de afecto, a mí solo me quedan de él las palabras enfadadas que nos dijimos.

En ese momento llegó la camarera y todos se quedaron callados hasta que se hubo retirado, después de servirles lo que habían pedido.

–¿Qué pasó esa noche? –le preguntó Jack a Elizabeth–. ¿Qué viste? ¿Qué te dijo mi padre?

Elizabeth bajó la vista a su taza de té, que había rodeado con las manos, y exhaló un suspiro.

–He pensado en ello una y otra vez hasta que pensé que me iba a estallar la cabeza de tanto pensar –murmuró–. Salí del ascensor y fui hasta su despacho. Llamé a la puerta y esperé a que me dijera que podía pasar. Y entonces…

–¿Por qué no entraste directamente después de llamar? –le preguntó Jack–. Eras su esposa.

Elizabeth vaciló, como si nadie le hubiera hecho antes esa pregunta. Se pasó una mano por el cabello y se encogió de hombros con impaciencia.

—Después de todos los años que estuve casada con tu padre sabía lo mucho que lo molestaba que lo interrumpieran cuando estaba hablando por teléfono. Al llegar a la puerta lo oí hablando, así que supuse que estaba al teléfono con alguien —dijo frunciendo el ceño—. Aunque ahora que lo pienso tardó más de lo normal en decirme que pasara.

—¿Y cuando entraste todavía estaba al teléfono?

—No, ya debía haber colgado —hizo un ademán con la mano, como quitándole importancia—. No sé, a lo mejor estaba hablando con tu madre. En fin, el caso es que le llevaba la cena en una bolsa. Era su plato favorito. La noche anterior habíamos estado discutiendo porque en esos últimos días había estado muy malhumorado.

—¿Y te explicó por qué estaba de mal humor? —la interrumpió Jack de nuevo.

Elizabeth sacudió la cabeza.

—No. Simplemente me dijo que tenía que ver con un problema inesperado por un asunto que tenía que haber resuelto hacía tiempo pero que había postergado demasiado.

—¿Y qué pasó cuando entraste en su despacho?

—Le pregunté si le quedaba mucho trabajo por hacer antes de volver a casa, algo completamente trivial, pero me respondió con muy mal genio que no tenía tiempo para preguntas tontas y que me fuera a casa —los ojos de Elizabeth se llenaron de lágrimas—. Ni siquiera quiso que le dejara la comida, así que me la llevé y la tiré a la basura.

—Estoy segura de que no era su intención hacerte daño –murmuró Nikki–. Siempre hablaba de ti con muchísimo respeto. A pesar de todo estoy convencida de que te quería.

Elizabeth se secó los ojos con la servilleta de papel.

–Gracias, Nikki. Yo también querría creerlo, pero el modo en que me engañó todos esos años me dice lo contrario.

–¿Solía tener esos arranques de mal genio contigo? –le preguntó Jack.

–Jamás. Ni siquiera cuando discutíamos; nunca fue cruel, ni tan brusco como aquella noche. Supongo que por eso me dolió tanto. Le dije que no me merecía que me hablara así y me marché dando un portazo. Volví al ascensor, y en una de las plantas se paró y entró Brooke. Cruzamos algunas palabras, pero yo estaba demasiado disgustada y no recuerdo qué le dije yo ni qué me dijo ella. Luego abandoné el edificio y me fui directamente a casa de Cutter.

–Gracias –le dijo Jack con sinceridad.

–¿Sabéis? –intervino Nikki–. Es curioso, pero no recuerdo que Charles… el detective McDonough… –puntualizó al ver que Elizabeth y Cutter la miraban confundidos– no recuerdo que dijera nada de una llamada de teléfono.

–Cuando te interrogó, ¿le dijiste que mi padre estaba hablando por teléfono cuando llegaste? –le preguntó Jack a Elizabeth.

Ella vaciló un instante.

–Creo que no. La verdad es que no me había

acordado de eso hasta hace un momento, cuando me has preguntado por qué no entré directamente.

—Gracias, Elizabeth —le dijo Jack—. Nos ha sido de gran ayuda.

—No sé de qué modo puede ayudaros lo que os he contado, pero si ayuda a esclarecer este horrible asunto...

Jack, que se estaba limpiando con la servilleta, la dejó en la mesa. Deberían marcharse ya, pensó, antes de que dijera algo de lo que pudiera arrepentirse. Después de todo Elizabeth era una Kincaid. Aunque la compadecía por lo que le había ocurrido, eso no cambiaba el hecho de cómo se sentía con respecto a su familia, ni los planes que tenía para la junta anual de ese mes del Grupo Kincaid.

Sin embargo, no se sentía capaz de levantarse y marcharse sin más. Quizá fuera por la vulnerabilidad de Elizabeth, por su evidente dolor, o quizá fuera porque la amabilidad con que lo había tratado había minado sus defensas.

—Mi padre me habló una vez de ti —murmuró, y se obligó a continuar, a pesar de lo difícil que le resultaba hablar de aquello—. Yo era entonces un adolescente, la relación de mis padres me confundía, y no entendía por qué mi padre se negaba a reconocerme. Esa vez me referí a ti de un modo muy feo —le confesó con una sonrisa, a modo de disculpa—, algo que es evidente que no te merecías.

—No me sorprendería que Reginald te hubiera dado la razón cuando me llamaste así —dijo Elizabeth con sarcasmo.

Jack sacudió la cabeza y sonrió de nuevo.

–Me pegó un puñetazo que hizo que me cayera de espaldas y me llevó fuera para hablar de hombre a hombre.

Elizabeth parpadeó sorprendida.

–¿Eso hizo?

–No debería chocarte. Ese día me dijo que había sido muy afortunado al tener el amor de dos de las mujeres más maravillosas a las que había conocido. Me dijo que se casó contigo por tu dinero y por tu estatus, pero que acabó respetándote y enamorándose de ti. Y por cómo me habló de vuestra vida juntos y de los cinco hijos que habíais tenido, supe que lo erais todo para él.

Elizabeth frunció el ceño y sus ojos se tiñeron de compasión.

–Debió ser muy duro para ti tener que oír esas cosas.

Cuando Nikki tomó la mano de Jack por debajo de la mesa y se la apretó, él la miró para agradecerle su apoyo. ¡Dios, cómo le habría gustado ser parte de esa vida que su padre le había descrito! Lo había deseado con tanta intensidad que a veces le había parecido como si esa ansia lo dejase en carne viva por dentro.

Quería sentirse aceptado por la sociedad, como los otros hijos de su padre, pero ese día había comprendido que eso jamás ocurriría. Durante el resto de su vida se sentiría marginado por su condición de hijo bastardo; nunca sería un Kincaid. Había sido uno de los peores días de su vida, y había prendido en él la mecha que lo empujaba a competir, a ganar, a demostrar que se merecía formar parte de la familia.

Sin embargo, ese no era el mensaje que quería transmitirle a Elizabeth. Tenía la sensación de que necesitaba algo muy distinto de él, y por algún motivo le parecía que tenía la obligación de dárselo.

–Mi padre me dijo que eras una de las mujeres más generosas que había conocido, igual que mi madre, pero me dijo que también tenías una dulzura poco común en las mujeres de tu estatus social. Me dijo que podía insultarlo a él, que se lo merecía, pero que nunca os faltara al respeto ni a mi madre ni a ti, porque las dos actuasteis solo por amor, y que siempre antepusisteis el bien de otros a vuestras propias necesidades, algo que él nunca aprendió a hacer. Y tengo que decir que estoy de acuerdo, porque si no hubiera hecho lo que hizo, no nos encontraríamos en la situación en la que estamos. También me dijo que de todas las personas a las que había hecho daño con su proceder, tú eras la más inocente, y la más perjudicada. Y en eso también estoy de acuerdo con él.

Los ojos de Elizabeth permanecieron fijos en él con una mirada distante, y se llenaron de lágrimas antes de que se volviera hacia Cutter, que la abrazó con ternura. Le llevó varios minutos recobrar la compostura, pero cuando lo hizo demostró esa dulzura de la que le había hablado su padre.

–No sé cómo agradecerte que me hayas contado esto, Jack –le dijo–. Creo… creo que es mejor que cualquier carta que hubiera podido dejarme tu padre.

Jack frunció el ceño.

—De todos modos me parece extraño que no te dejara una carta. Quizá tuviera intención de escribirla pero murió antes de poder hacerlo. Estoy seguro de que esa habría sido para él la carta más difícil de escribir.

Elizabeth sacudió la cabeza.

—No lo creo. Creo que la que te escribió a ti debió ser la más difícil, porque sabía que te había privado de muchas cosas. ¿Te importaría contarme qué te decía en la carta que te escribió?

—No la he leído —admitió—. Ni siquiera la he abierto, y me he sentido tentado de quemarla.

—Pero no lo has hecho —observó ella—. Creo que solo necesitas tomar distancia y dejar que pase un poco de tiempo antes de leerla. Seguro que cuando estés preparado para hacerlo lo sabrás. Pero hasta entonces, prométeme que no harás nada de lo que puedas arrepentirte.

Jack asintió.

—Ya que me lo pides tú, lo haré.

Elizabeth vaciló un momento antes de volver a hablar.

—Supongo que habrás recibido la invitación a la boda de Matt y Susannah el fin de semana próximo.

—Sí, la he recibido.

—Espero que vengas —le dijo Elizabeth, y después de sonreír a Nikki añadió—: Puedes traer a Nikki si quieres.

Jack, a quien no le quedaba otra más que aceptar la invitación, volvió a asentir.

—Iremos.

Los cuatro se levantaron y Jack tomó la cuenta, negándose a dejar que Cutter pagara. Cuando se fueron a despedir y le tendió la mano a Elizabeth, ella le hizo bajarla y le dio un fuerte abrazo. Jack no habría sabido decir a quién había sorprendido más, si a él, o al resto de los clientes.

Luego Elizabeth se dio media vuelta y salió de la cafetería con Cutter, con la cabeza bien alta y la espalda recta, aunque a Jack no le pasó inadvertido que su paso parecía más ligero que cuando llegó.

Se quedó mirándola mientras salían por la puerta. ¿Por qué diablos había tenido que abrazarlo? A pesar de haber compartido aquel recuerdo con ella, creía haber conseguido mantener intactos los muros que había levantado en torno a su corazón durante todos esos años, pero ese abrazo lo había hecho salir de detrás de ellos, lo había dejado al descubierto, haciéndolo sentir más vulnerable de lo que se había sentido nunca. Y no le gustaba.

En cuanto salieron de la cafetería ellos también, llevó a Nikki hasta un lugar menos transitado de la calle, sacó su teléfono móvil y marcó un número.

—Harold Parsons; dígame —respondió la persona a la que llamaba, al otro lado de la línea.

—Harold, soy Jack Sinclair.

—¿No te has dado cuenta de que es sábado, muchacho? –le dijo el hombre con aspereza–. El bufete está cerrado; vuelve a llamar el lunes.

–Si está cerrado, ¿por qué has contestado el teléfono?

Harold resopló irritado.

–¿Qué quieres?

–Mi padre le dejó una carta a cada uno de nosotros, pero Elizabeth no recibió ninguna. ¿Por qué?

–¿Y cómo quieres que yo lo sepa? –replicó Harold–. No había ninguna carta a su nombre, eso es todo lo que sé.

–Es que no puedo creer que mi padre le hiciera un feo semejante –insistió Jack–. ¿Cuándo escribió esas cartas?

–La última vez que revisó su testamento. Siempre que lo hacía revisaba también las cartas, y si lo creía conveniente volvía a escribirlas.

–¿Y antes de la última vez que revisó el testamento… tampoco hubo ninguna dirigida a ella?

Harold vaciló un instante.

–Bueno… sí –respondió con cierta irritación, como si se hubiera dado cuenta de dónde quería llegar con sus preguntas–. Pero luego por algún motivo debió decidir que no era necesario dejarle una carta. De hecho, las anteriores versiones del testamento también incluían una carta para Alan, pero no la versión definitiva.

–No me lo trago, Harold. Lo de Alan sí, porque no era hijo suyo, pero no desairaría así a Elizabeth, no la avergonzaría delante del resto de la familia. Quiero que busques esa carta entre tus papeles.

Apostaría mi negocio a que había una carta para ella, y si falta, quiero saber desde cuándo y por qué.

–Está bien, lo comprobaré.

Cuando Jack hubo colgado, Nikki le puso una mano en el brazo y le preguntó:

–¿Qué ocurre?

–Creo que mi padre sí le dejó una carta a Elizabeth –respondió él, pero luego sacudió la cabeza y se corrigió a sí mismo–: No lo creo; lo sé. Estoy seguro de que le escribió una carta antes de morir.

–¿Y qué crees que pasó con ella?

–O bien el abogado la traspapeló, o está en algún sitio en el despacho de mi padre.

–Si fuera así quizá deberíamos pedirle a R. J. que la busque.

Jack esbozó una sonrisa torcida cargada de ironía.

–Sí, ya, lo llamo y le digo: «Eh, R. J., ¿puedes hacerme un favor? Necesito que busques en el despacho de nuestro padre, a ver si encuentras una carta dirigida a tu madre». Teniendo en cuenta lo bien que nos llevamos, y más después de la confrontación de ayer, seguro que lo hará encantado.

Nikki le sostuvo la mirada, haciéndolo sentirse algo incómodo.

–Si es por el bien de su madre, lo hará.

–Quieres que lo llame de verdad, ¿no? Y seguro que no me dejarás tranquilo hasta que lo haga, ¿me equivoco?

–No te equivocas.

Jack la miró furibundo.

–¿Sabes?, el día de hoy está siendo como un grano en ya sabes dónde. Primero me pides que hable con Elizabeth y ahora con R. J.

–Te entiendo –dijo ella con sorna, dándole unas palmaditas en el brazo.

–Por si lo has olvidado, además de detestar a los Kincaid también estoy intentando destruir su negocio y hacer de su vida un infierno.

–Puede que lo hayas mencionado una o dos veces –contestó Nikki, haciéndose la inocente.

–Y para tu información, el ayudarles y ser amable con ellos está arruinando mis planes de destruirles y de hacerme con el control de la empresa.

Nikki reprimió una sonrisilla a duras penas.

–Pero es solo por hoy –le dijo con voz melosa–. Mañana puedes volver a poner tu maquiavélico plan en marcha. Y si te hace sentir mejor hasta puedes planear una venganza aún más retorcida.

–Hecho –respondió él–. Pero no pienso hacer esto solo –le dijo apuntándola con el índice–; tendrás que ayudarme.

Nikki sonrió.

–¿Qué crees que he estado haciendo hasta ahora?

–Si esto es tu idea de ayudar, que Dios me pille confesado.

–Aquí no hay nada –dijo R. J. irritado y con el ceño fruncido.

Era evidente que se había hecho ilusiones con la idea de encontrar una carta de su padre dirigida a su madre, y culpaba a Jack por ello, pensó Nikki nerviosa.

—Ni aquí —añadió Matt, ceñudo también, y fulminó a Jack con la mirada por hacerles perder el tiempo—. Aunque no es que esperara encontrar nada.

—Espero que no le dijerais nada a mi madre y que se haya ilusionado —le dijo R. J. malhumorado a Nikki.

Ella le dirigió una sonrisa tranquilizadora.

—Ni siquiera sabe que sospechamos que hay una carta. Fue a Jack a quien se le ocurrió.

—¿Sinclair? —dijeron los dos hermanos Kincaid al unísono volviéndose para mirar furibundos a Jack.

—¿Qué diablos estás tramando? —quiso saber R. J.

—Ya os lo he explicado. A ver si prestas más atención, Kincaid —le espetó Jack.

A Nikki le preocupó el cansancio que notó en su voz, incluso en ese comentario sarcástico. Los últimos dos días habían sido bastante duros para él y, aunque estaba intentando derribar las barreras que había levantado entre ellos durante años, los Kincaid no se lo estaban poniendo nada fácil.

Era curioso que a Jack no se le hubiese ocurrido nunca que, en vez de quedarse fuera del círculo, mirando con envidia a los que estaban dentro, lo único que tenía que hacer era abrir la puerta de su vida y dejar entrar a los demás. Así ya no estaría solo nunca más. Formaría su propia familia, su propio círculo de amigos, su propio hogar…

Esa mañana había sido un buen comienzo gracias a la bondad de Elizabeth. Había conseguido que Jack bajara la guardia, pero también era cierto que era su forma de ser. Era una mujer dulce y generosa que siempre hacía todo lo posible para ayudar a quien lo necesitaba.

Sus hijos en cambio eran un hueso duro de roer. Pero encontraría la manera de hacer que le dieran una oportunidad a Jack, se dijo Nikki obstinadamente, apretando la mandíbula. Aunque tuviera que convencer a los Kincaid uno por uno. Iban a ser una gran familia feliz… por lo menos hasta el día de la junta anual.

—Esto ha sido una colosal pérdida de tiempo; yo me largo –anunció R. J. Y al llegar a la puerta se detuvo y le lanzó una última advertencia a Jack–: Mantente al margen de nuestros asuntos, Sinclair. Como le hagas daño a nuestra madre te daré tal paliza que tendrán que recoger tus pedazos con una pala –y dicho eso se marchó.

Matt se dirigió hacia la puerta detrás de su hermano, pero también se detuvo al llegar a ella.

—¿Por qué quieres esa carta, Sinclair? –le preguntó.

—Eso me gustaría saber a mí.

Matt se quedó mirándolo.

—Lo digo en serio. ¿Por qué?

Por su expresión Nikki supo que Jack estaba a punto de mentir. Fue junto a él, le rodeó la cintura con el brazo, y lo miró a los ojos, brindándole todo su apoyo. Durante un largo y tenso momento espero a que tomara una decisión: abrirse, o encerrarse de nuevo en sí mismo.

–Ya sabes cómo era nuestro padre –dijo Jack, como si alguien le estuviera sacando las palabras con un sacacorchos–, y sabes lo que sentía por vuestra madre. Nunca la habría insultado de esa manera; tuvo que dejarle una carta a ella también, y esa carta tiene que estar en alguna parte.

Matt enarcó las cejas con escepticismo.

–Y tú vas a encontrarla.

–Si puedo –respondió Jack.

–¿Y solo haces esto porque es lo correcto?

–Algo así.

Nikki tenía la sensación de que estaba cerrándose de nuevo, pero entonces Matt le hizo una pregunta que lo pilló desprevenido por completo.

–¿Por qué fuiste a visitar a mi hijo en el hospital?

Matt se había enfrentado a una de las peores pesadillas para un padre cuando su hijo de tres años, Flynn, había desarrollado una anemia aplásica a raíz de una fuerte infección vírica, aunque por fortuna la medicación que le habían dado había logrado curarlo. Si no hubiera sido así la madre biológica del chico, Susannah, que había hecho de vientre de alquiler, habría donado parte de su médula ósea para salvarle. Matt y ella se habían enamorado, y el fin de semana siguiente iban a casarse.

–No lo sé Matt. ¿A lo mejor porque era lo correcto?

–Por eso, y porque quería ver si podría ser un donante compatible –añadió Nikki sin poder contenerse.

Sus palabras no habrían podido tener un impacto mayor en Matt. Matt la miró boquiabierto, sin dar crédito a lo que acababa de oír, y sacudió lentamente la cabeza.

–Imposible.

La sonrisa de Jack se tornó cínica, y este le lanzó a Nikki una mirada furibunda, como diciéndole que se iba a acordar. Le daba igual que se enfadara con ella; quería que Matt se diera cuenta de que estaba equivocado respecto a él.

–Pues claro –dijo Jack en un tono áspero–; ¿cómo iba a ser yo capaz de hacer algo así?

–¿Te ofreciste como donante de médula para ayudar a mi hijo? –repitió Matt.

–En realidad fue solo un brindis al sol, porque dudaba que pudiera ser compatible.

Matt entornó los ojos.

–¿Y si lo hubieras sido?

Jack se encogió de hombros y no respondió, pero Nikki puso los ojos en blanco y le dijo a Matt:

–Dale un voto de confianza a tu hermano. Nadie se haría una prueba de compatibilidad si no tuviera intención de ayudar. Por supuesto que habría hecho de donante si hubiera sido compatible.

–No es mi hermano –protestaron Matt y Jack al unísono.

Se hizo un silencio tenso, hasta que Matt lo rompió finalmente para decir:

–Cuando fuiste a visitar a Flynn al hospital… dijiste que de niño tú también estuviste hospitalizado una temporada. ¿Qué te ocurrió?

–Mi hermano Alan no iba prestando atención al

cruzar un paso de peatones y mi error fue apartarlo de un empujón y recibir yo el golpe por él. Ni siquiera me dio las gracias, y luego hasta negó haber estado allí.

—¿Cuántos años tenías?

La sonrisa se borró del rostro de Jack.

—Doce. Era el Cuatro de Julio.

—¡Oh, el día de mi cumpleaños! —Matt hizo un rápido cálculo mental—. Por aquel entonces yo debía tener… un año nada más.

—Sí, lo sé.

Matt frunció el ceño y lo miró con los ojos entornados.

—¿Cómo saliste de mal parado cuando te embistió ese coche?

—Bueno, he podido contarlo, ¿no? —respondió Jack, como si no hubiese sido nada.

Matt, sin embargo, tenía la sensación de que estaba haciéndose el fuerte.

—Fue grave, ¿no? —le preguntó. Jack asintió y bajó la cabeza—. Y supongo que tu madre telefonearía a nuestro padre. ¿Acudió a su llamada?

—Unos días después.

—¿No fue allí de inmediato cuando lo llamó tu madre? ¿A pesar de que podrías haber muerto? Dios… Y todo porque era mi cumpleaños y mi madre habría sospechado algo si se hubiese ido de repente. No puedo creer que te dejara solo en un momento así.

—No estuve solo. Mi madre estaba conmigo —respondió Jack encogiéndose de hombros—. Es enfermera. Probablemente ese día me salvó la vida porque sabía cómo hacer que dejara de sangrar.

Matt asintió muy serio.

—Y por eso visitaste a Flynn. Por eso le llevaste un juguete. Porque cuando tú estuviste en el hospital no tuviste a nadie que te visitara. Ni tíos, ni tías, ni hermanos, ni hermanas.

—Tenía a mi madre —repitió Jack, y trató de desviar la atención de sí—. ¿Acaso importa por qué fui a ver a Flynn, Matt? Te guste o no es mi sobrino, y es inocente y se merecía mi ayuda, independientemente de cómo me lleve con su padre.

—Y siguiendo ese razonamiento, si le haces daño al padre de Flynn, le harás daño a Flynn también —intervino Nikki.

Por la reacción de Jack, que dio un respingo y la miró sorprendido, ni siquiera se le había pasado ese detalle por la cabeza. ¡Típico de él! Estaba tan centrado en sus propias metas que los árboles no le dejaban ver el bosque. Sin embargo, decidiendo que ya les había ayudado hasta donde había podido, tendiendo puentes entre ellos, lo dejó estar y cambió de tema.

—Matt, ¿sabes si la policía comprobó el registro de llamadas que se hicieron y se recibieron en estas oficinas la noche del asesinato?

—¿Por qué? —inquirió Matt, receloso de nuevo.

—Porque tu madre nos dijo que cuando vino a traerle la cena lo oyó hablando, y pensó que estaba al teléfono con alguien. Tenía curiosidad por saber con quién podría haber estado hablando.

–Umm… –Matt frunció el ceño–. Eso tendrías que preguntárselo al detective McDonough, aunque creo que la policía consiguió una orden judicial para poder tener acceso a ese registro. Pero como nadie lo había vuelto a mencionar di por hecho que esa noche nuestro padre no recibió ni hizo ninguna llamada, o cuando menos ninguna que tuviera relevancia para esclarecer los hechos.

–¿Podrías pedirle al detective McDonough una copia de ese registro de llamadas?

El recelo de Matt se tornó en suspicacia.

–¿Para qué? Y lo que es más: ¿de verdad crees que McDonough accedería a dármela?

Nikki contestó primero la segunda pregunta.

–Tal vez si le explicaras que quieres ver si hay algo que a ellos pudiera haberles pasado desapercibido. Nadie sabe mejor que R. J. y tú con quién solía hablar vuestro padre. Y en los últimos meses no se ha avanzado mucho en el caso; tal vez si revisáis ese registro de llamadas encontréis algo que arroje un poco de luz.

Matt se quedó rumiándolo un momento antes de asentir, aunque a regañadientes.

–Le preguntaré, pero no os prometo nada.

Jack y él se quedaron mirándose un buen rato hasta que Jack, con un suspiro de profunda irritación, le tendió la mano.

–Gracias –le dijo.

Matt vaciló, como había hecho su madre en la cafetería, y finalmente se la estrechó con firmeza.

–No tienes por qué dármelas. Es lo normal en

las familias. Como llevarle un juguete a tu sobrino cuando está en el hospital, y hacerte una prueba para ver si serías compatible como donante de médula –le dijo con una sonrisa.

Jack asintió.

–Sí, supongo que sí.

–Y los familiares también suelen asistir a las bodas. ¿Vendrás a la mía este sábado?

–No me la perdería por nada del mundo.

En cuanto hubieron salido del edificio, Jack se volvió irritado hacia Nikki y le dijo:

–No vuelvas a hacerlo.

Nikki le sonrió como si no hubiese roto un plato en su vida.

–¿Hacer qué?

–Ah-ah… No me trago esa carita de niña buena.

–¿Qué carita de niña buena? –lo picó ella.

Jack se detuvo en medio de la acera. El sol brillaba sobre ellos, y la brisa del puerto arremolinaba el oscuro cabello de Nikki en torno a su rostro sonriente. La irritación de Jack se desvaneció. No podía apartar sus ojos de ella.

Le puso las manos en la cintura y la levantó, haciéndola ponerse de puntillas para tomar sus labios en un beso que pretendía ser apasionado, pero acabó siendo dulce y tierno, y arrancó un gemido de placer de su garganta.

Ella le echó los brazos al cuello, apretándose contra él, y sus femeninas curvas se amoldaron a su cuerpo. Encajaban tan bien como si fuesen dos partes de un todo. Si no estuvieran en medio de la calle le habría hecho el amor en ese mismo momento.

Pero estaban en medio de la calle, así que el sentido común prevaleció y despegó sus labios de los de ella.

–Tienes que dejar de entrometerte, Nikki, y lo digo muy en serio. Ahora resulta que tengo que ir a otra boda de la familia Kincaid… O más bien tenemos. Si hubiese querido estrechar lazos con ellos ya lo habría hecho.

Nikki, que seguía con los brazos entrelazados en torno a su cuello, sacudió la cabeza.

–No lo habrías hecho –replicó–. Aunque ya sois adultos y más que capaces de tomar vuestras propias decisiones, has continuado guardando las distancias con los Kincaid.

–¿Y no se te ha ocurrido que puede que lo haga precisamente porque no tengo interés en conocerlos?

Nikki lo miró con ternura.

–Puede que sea eso lo que te dices a ti mismo, pero no es cierto.

Si no fuera porque Nikki tenía los brazos en torno a su cuello, se habría dado media vuelta y se habría ido.

–¿Me estás llamando mentiroso?

–No. Solo creo que en lo que se refiere a los Kincaid siempre has evitado pensar demasiado en los motivos por los que los odias.

–Nikki, esta conversación no tiene sentido. Y

ahora haz el favor de soltarme; estoy cansado y quiero volver a casa y disfrutar al menos unos minutos de lo que queda de día.

Pero Nikki no lo soltó, y siguió presionándolo.

—Jack, por una vez en tu vida párate y piensa. Piensa por qué has tomado las decisiones que has tomado hasta ahora.

Jack apretó los labios.

—Si te refieres a por qué estoy empeñado en bajarles los humos a los Kincaid…

—No, no es eso a lo que me refería. Lo que quiero decir es… ¿por qué decidiste crear una compañía para competir con el grupo Kincaid? De todos los posibles negocios a los que podías haberte dedicado, ¿por qué escogiste uno en el que antes o después te toparías con tus hermanos? ¿Por qué, Jack?

Jack la agarró por las manos y se las quitó del cuello. Dio un paso atrás y luego otro, negándose a contestar, y sin decir una palabra se dio media vuelta y se alejó. Sin embargo, por mucho que se alejara, no podía escapar de esa pregunta. Ni del punzante dolor que sentía en el pecho porque sabía que Nikki tenía razón. Había creado Carolina Shipping porque quería coincidir con los Kincaid, porque quería que supieran que existía. Quería que supieran la verdad… que era su hermano.

Capítulo Cinco

Nikki localizó finalmente a Jack dos horas más tarde, sentado junto al puerto de Charleston.

No la miró cuando se sentó a su lado, pero al cabo de unos minutos fue él quien rompió el incómodo silencio entre ambos.

–¿Cómo eres capaz de saber siempre lo que pienso o cómo me siento?

–No sé, supongo que será un don –dijo ella mirando el mar, y se encogió de hombros–. O quizá sea una maldición. Es un talento que poseía mi padre y creo que en parte por eso era tan buen policía. Con solo hablar con alguien durante unas horas era capaz de adentrarse en la psique de esa persona, de averiguar cuáles eran sus motivaciones, y por qué. Una vez me dijo que eso le había ayudado a resolver más de un caso.

–Pues a mí eso de que puedas leer en mí como si fuera un libro abierto me incomoda un poco, la verdad –respondió Jack.

Nikki bajó la cabeza y asintió.

–Quizá por eso hay tantos policías que solo se relacionan con otros policías –dijo–. No solo entienden la presión que sienten con su trabajo, sino que saben que sus compañeros no se van a sentir con ellos como se siente la gente normal: como si estuviesen viviendo bajo la lente de un microscopio.

–No me refería a eso –Jack le rodeó los hombros con el brazo y la atrajo hacia sí–. Nunca me he sentido así contigo. Es que... –exhaló un suspiro de frustración–. No sé, ves demasiado, y por alguna razón lo ves todo con mucha más claridad que yo.

Nikki se acurrucó contra él.

–Lo que pasa es que como son problemas que te afectan no puedes verlos con objetividad; eso es todo. Yo puedo verlos con más claridad porque puedo tomar distancia.

Solo que no era verdad; no en lo que se refería a Jack. En algún punto a lo largo de esos cuatro meses se había convertido en todo su mundo, y no podía imaginarse su vida sin él. Cerró los ojos, rogando por que no se le saltaran las lágrimas. Pronto no solo tendría que imaginarse lo horrible que sería vivir sin él, sino que tendría que aprender a vivir sin él.

Jack la tomó de la barbilla para que lo mirara a los ojos.

–Tienes que parar esto –le dijo con suavidad–. Tienes que entender que nunca tendré con los Kincaid la clase de relación que a ti te gustaría que tuviese, porque mis planes con respecto al Grupo Kincaid no han cambiado ni van a cambiar.

–Pero, Jack...

Él la cortó antes de que pudiera continuar.

–Déjalo ya, Nikki. No quiero convertir esto en un tema de discusión; te estoy diciendo las cosas

84

como son. O sigues a mi lado… o ponemos fin a esto. Ese deseo tuyo de unir a las dos familias no funcionará; jamás. Ha habido demasiada mala sangre entre nosotros.

–No es verdad –replicó Nikki–. No ha habido nada. Hubo problemas entre tu padre y tú, pero solo hace cinco meses que conociste a tus hermanos. No hay ningún motivo por el que no podáis tener una buena relación. Mira lo bien que ha ido hoy con Elizabeth y con Matt –le dijo con entusiasmo–. ¿No te das cuenta? Depende enteramente de ti. Si te olvidaras de una vez de esa venganza que tienes contra ellos y colaborarais en vez de competir entre vosotros…

Jack le impuso silencio del modo más efectivo que conocía: besándola. Su anterior beso había sido dulce y tierno, pero aquel era un beso que solo le dejaba a Nikki dos opciones: dejarse llevar… o batirse en retirada. Pero ya era demasiado tarde para eso, y Nikki acabó por rendirse, entregándose al beso por completo.

Echó la cabeza hacia atrás, apoyándola en su hombro, y se estremeció, deleitándose en la maestría con que besaba Jack. Le gustaban tantas cosas de él: era inteligente, tenía sentido del humor, era generoso y protector con los que amaba…

Cuando sus labios se despegaron, Jack la miró muy serio.

–No voy a tolerar más intromisiones por tu parte, Nikki. ¿Lo has comprendido?

Ella se apartó de él.

—Lo he comprendido, pero no me gusta que me des órdenes —replicó cruzándose de brazos— No me gusta nada en absoluto. ¿Me he explicado bien?

—Perfectamente —dijo él con una media sonrisa que no hizo otra cosa que irritarla—. ¿Te vas a casa o quieres pasar la noche conmigo?

Nikki resopló exasperada, pero al final respondió de mala gana:

—En tu casa.

—Estupendo. Podemos darnos un baño juntos en el jacuzzi.

Ella lo miró con unos ojos como platos.

—¿Desde cuándo tienes un jacuzzi?

Jack le remetió un mechón tras la oreja.

—Iba a ser una sorpresa para este fin de semana. Me lo instalaron ayer. No te imaginas cuánto estoy deseando estrenarlo contigo. No he podido dejar de pensar en ello en todo el día. Es como si estuviera llamándome.

—Tiene gracia —murmuró ella—. Creo que yo también lo oigo llamándome.

—Es posible. Juraría que mientras lo montaban vi tu nombre escrito en una de las etiquetas del embalaje. Ponía algo como «material inflamable».

Nikki sintió que su irritación se desvanecía.

—Solo cuando entra en contacto con otros materiales… —respondió levantándose.

—Oh, y los pondremos en contacto, desde luego. Y los agitaremos, y si hace falta encenderemos un par de cartuchos de dinamita.

Los labios de Nikki se curvaron en una sonrisa

involuntaria. Aunque sabía que debería estar enfadada con él, también sabía que no le serviría de nada, pensó cuando él se levantó y le rodeó la cintura con los brazos para atraerla hacia sí.

–Me parece que ya has hecho que prenda la mecha de algún que otro cartucho –le dijo.

Nikki se estiró en el jacuzzi y apoyó la cabeza en el hombro de Jack, que con solo pulsar un botón hizo que los chorros cobraran vida y que el agua empezara a burbujear. Un suave gemido escapó de sus labios, y cerró los ojos, imitando a Jack.

–Me siento como si hubiera muerto y estuviera en el Paraíso.

–Si esto es el Paraíso, y tú y yo somos Adán y Eva, me parece que te has olvidado de un pequeño detalle –le dijo Jack, enarcando una ceja–. Deberíamos estar desnudos. ¿Por qué llevamos bañadores?

–Oh, pues no sé… –murmuró ella–. A lo mejor por el hecho de que estamos en el patio, a cielo abierto, y podría vernos cualquiera.

–Tonterías. Para eso están las mamparas de madera que rodean el jacuzzi –replicó él–. Además, no hay ninguna casa en varios kilómetros a la redonda.

–¿Y si alguien pasara caminando por la playa?

–Estamos demasiado lejos como para que nos vean… demasiado –los dedos de Jack descendieron por la espalda de Nikki, y momentos después la parte de arriba de su biquini se alejaba flotando–. Eso está mejor.

El burbujeo del agua era como un cosquilleo en sus senos desnudos.

—¿Y si te dijera que la parte de abajo del biquini solo se sujeta con unas tiras? —dijo Nikki echando la cabeza hacia atrás para mirarlo—. Y ni siquiera le he hecho nudos.

La sonrisa que se dibujó lentamente en los labios de Jack hizo que una ola de calor aflorara en su vientre.

—¿De modo que lo único que tengo que hacer es dar un pequeño tirón? —la mano de Jack le rozó la cadera—. ¿Así?

Poco después la parte de abajo del biquini de Nikki salía flotando a la superficie, seguido del bañador de Jack. Nikki se volvió hacia él.

Deslizó las yemas de los dedos por la línea de la mandíbula de Jack, y dibujó el contorno de sus labios, que sonreían.

—¿Qué quieres cenar esta noche? —le preguntó.

—Te quiero a ti. Nada más que ti.

Nikki se rio.

—No me cabe duda de que mi cuerpo te resulta delicioso, pero el sexo no nos llenará el estómago.

—Podemos hacer un pedido por teléfono a Indigo si te apetece pescado —propuso Jack—. Sé lo mucho que te gusta ese restaurante.

—¿Aceptan pedidos a domicilio?

Él esbozó una sonrisa petulante.

—Si soy yo quien hace el pedido, te aseguro que sí —bajó la mano a las nalgas de Nikki y la atrajo hacia sí—. Pero más tarde; mucho más tarde.

Se colocó a horcajadas sobre ella, y Nikki se estremeció de placer con el roce de su cuerpo. Los pezones se le endurecieron, y asomaron por encima de la superficie del agua. Jack inclinó la cabeza y mordisqueó primero uno y luego el otro. Nikki gimió, y deslizó los dedos entre los mechones de su corto cabello.

Entretanto, los dedos de Jack jugaban bajo el agua, tan tentadores como los chorros de agua del jacuzzi. Nikki abrió las piernas y se ofreció a él, pero en vez de darle lo que quería Jack introdujo un dedo en su calor, excitándola aún más.

–Creo que estoy viendo fuegos artificiales –dijo, dejando escapar un intenso gemido.

–Yo todavía no los he oído estallar.

Nikki no podía aguantar un minuto más, y alargó las manos para tomar su miembro y ponerlo dentro de sí. Jack empujó las caderas, hundiéndose más en ella, y Nikki se estremeció de nuevo. Les llevó un rato encontrar el ritmo adecuado por estar sumergidos en el agua, pero poco después la mecha prendió, y Nikki sintió que estaba ardiendo. Murmuró el nombre de Jack, que empujaba las caderas contra las de ella sin cesar, una y otra vez, mientras ella se arqueaba hacia él, y pronto estallaron con todo su esplendor los fuegos artificiales que estaban esperando.

El brillante resplandor del orgasmo los dejó aturdidos durante unos segundos, y bajaron a la tierra poco a poco, derritiéndose el uno contra el otro en una amalgama de brazos y piernas, entre besos y caricias. Nikki cerró los ojos y se acurrucó contra él. Nunca se había sentido tan vulnerable como en ese momento.

¿Cuándo se apaciguaría esa ansia desesperada que tenía de él?, ¿cuándo se convertiría en algo más dócil, algo que no amenazara con romperle el corazón? Tal vez nunca. Su relación pendía de un hilo, balanceándose sobre un abismo sin fondo.

Cuando Jack descubriera que era ella quien tenía el otro diez por ciento de las acciones del Grupo Kincaid, ese hilo se rompería. Sabía que Reginald quería que el puesto de presidente y director de la compañía fuera para R. J. Él mismo se lo había dicho. Y por mucho que amara a Jack, no podía ir contra su conciencia. Cuando llegara el momento, votaría a favor de R. J.

A Jack le pareció que el lunes había llegado demasiado pronto. Nikki y él se prepararon de mala gana para ir a trabajar, y cuando entró en la cocina se encontró con que Nikki ya había puesto en marcha la cafetera. Aunque le había dicho muchas veces que no tenía que hacerle el desayuno, ella siempre le hacía caso omiso.

–¿Te apetece una tortilla con espinacas, cebolla y champiñones? –le preguntó Nikki.

–Suena de maravilla.

Era lo que le respondía siempre que le preguntaba, aunque no le apeteciese comer lo que le ofreciese. No estaría bien que se pusiera exigente. Aunque tal vez el día siguiente lo hiciera solo para picarla. Claro que, teniendo en cuenta lo tensas que estaban las cosas entre ellos por la relación de ambos con los Kincaid quizá no fuera buena idea, pensó. Lo último que hacía falta era que echase más leña al fuego con una broma tonta.

Además, aunque lo irritaba que Nikki se entrometiera, sabía que lo hacía con buena intención porque tenía un corazón enorme. Fue a la nevera a sacar las cosas que necesitaban para la tortilla, y mientras la ayudaba a picar las espinacas frescas, la cebolla y los champiñones, no pudo evitar lanzarle alguna que otra mirada furtiva. Estaba preciosa, iluminada por los rayos del sol que entraban por la ventana.

Pensó en el anillo que le había comprado el mes pasado y que seguía guardado en un cajón de la cómoda. En las últimas semanas había estado una docena de veces a punto de pedirle que se casara con él, y si no hubiera sido porque había descubierto que trabajaba para el Grupo Kincaid, lo cual lo había dejado descolocado, se lo habría pedido.

Pero había algo más: Nikki le ocultaba otro secreto. Se había dado cuenta ese fin de semana, con sus intentos por resolver el conflicto entre los Kincaid y él. Había notado que casi había desesperación detrás de esos intentos, como si hubiese algo que dependiera del resultado de sus esfuerzos. Luego sus sospechas se habían confirmado la noche anterior, cuando se había despertado y había visto que estaba asomada al balcón, bañada por la luz de la luna, con la cabeza gacha y los hombros caídos, como si estuviesen soportando un peso enorme. ¿Por qué no preguntarle directamente qué era lo que la tenía tan apesadumbrada?, se dijo.

Sin embargo, antes de que pudiera hacerlo, sonó el timbre de la puerta. Nikki lo miró y frunció el ceño.

—¿Quién puede ser a estas horas?

—Solo hay una manera de averiguarlo.

Cuando abrió la puerta Jack se encontró con que la desagradable sorpresa de que quien había decidido pasarse por allí sin avisar era el detective McDonough. Era un poco más bajo que Jack, llevaba la cabeza afeitada y su mirada paciente denotaba su inteligencia y el tesón con que llevaba a cabo las investigaciones que realizaba.

—Buenos días, señor Sinclair. Me alegra haberlo pillado antes de que se vaya a la oficina.

—¿Quiere pasar? —le preguntó Jack haciéndose a un lado, decidido a ser educado a pesar de todo.

Al fin y al cabo no era que el hombre tuviese nada contra él; solo hacía su trabajo.

El detective cruzó el umbral, y paseó la mirada por el vestíbulo.

—Tiene una casa muy bonita.

—Gracias. Estábamos a punto de desayunar; ¿quiere unirse a nosotros?

McDonough, que estaba admirando un cuadro, se volvió hacia él.

—Disculpe, no se me ocurrió que pudiera tener compañía.

–No se preocupe. Además, tengo entendido que Nikki y usted son viejos amigos –dijo señalando con un ademán la puerta abierta de la cocina.

–¿Nikki? ¿Nikki Thomas?

Cuando entraron en la cocina el detective contrajo las facciones, y una chispa de ira brilló en sus ojos. Sin duda, al ver a Nikki moviéndose de un lado a otro, como Pedro por su casa, y a la hora que era, debió deducir de inmediato que Nikki y él se estaban acostando.

Y teniendo en cuenta que el padre de Nikki y él habían sido compañeros, seguramente debía ser para él como su propia hija, y no le hacía ninguna gracia que estuviese acostándose con un hombre sospechoso de asesinato.

Nikki sonrió de oreja a oreja al verlo.

–Buenos días, Charles.

–¿Qué diablos estás haciendo aquí, niña?

–Desayunar –le contestó ella tan tranquila–. Al oír tu voz he preparado una tortilla más para ti.

–No quiero ninguna tortilla.

–Pues es una pena. Además, con lo temprano que es, seguro que has salido de casa antes de que Raye se levante y no te habrás tomado más que una tostada y un café bebido, y a lo mejor ni eso –le dijo Nikki–. Anda, siéntate –añadió señalándole la mesa de la cocina con un ademán–. Jack, sírvele un café. Le gusta con leche y tres cucharadas de azúcar. Raye no quiere que se ponga más de dos, pero será nuestro secreto.

–Maldita sea, Nikki; no has contestado a mi pregunta –la increpó el detective, sentándose a pesar de todo.

–Nos conocimos poco después del asesinato de mi padre –intervino Jack–. Llevamos saliendo más de tres meses. Puede intentar advertirle que no soy una buena compañía si quiere, pero no le servirá de nada; está decidida a demostrar mi inocencia. ¿Dos cucharadas de azúcar o tres?

El detective lo miró furibundo y apretó la mandíbula.

–Cuatro.

Jack enarcó las cejas.

–Como su mujer se entere…

–Écheme el azúcar y guárdese los comentarios.

Jack acabó de echarle las cuatro cucharadas mientras Nikki le ponía a cada uno un plato de tortilla, y se sentaron a comer.

El detective, a pesar de su enfurruñamiento, no pudo evitar un gemido de apreciación cuando saboreó el primer bocado de tortilla.

–Umm… ¡Qué bueno está esto ¿Cuándo has aprendido a cocinar así, niña? Te has estado enseñando tu abuela Thomas, ¿eh?

–Bueno… puede que me haya enseñado un par de trucos.

El detective dejó limpio su plato, y cuando acabó de comer apartó el plato y le dijo:

–No me gusta que estés metida en esto, Nikki, pero desde luego explica una o dos cosas –se echó hacia atrás en su asiento–. Como por qué tu amigo Jack le pidió a Matthew Kincaid que se hiciera con

94

una copia del registro de llamadas del Grupo Kincaid.

Jack se puso furioso.

—Hijo de…

Charles McDonough levantó una mano para imponerle silencio.

—Matthew Kincaid es incapaz de mentir. Cuando le pregunté por qué quería una copia de ese registro se puso nervioso como un niño de seis años al que han pillado con las dos manos metidas en el tarro de las galletas —dijo mirando a Jack—. No me costó mucho sonsacarle y averiguar que Sinclair estaba detrás de aquello —giró la cabeza hacia Nikki—. O quizá debería decir que fue idea tuya. Eres igualita a tu padre: de tal palo, tal astilla.

—Gracias, Charles. Eso es lo más bonito que me has dicho nunca —lo picó Nikki.

—¿Por qué quieres ese registro, niña?

—Bueno, en realidad no debería apuntarme méritos que no me corresponden. Es una idea brillante, pero no fue mía, sino de Jack.

El detective miró a Jack con los ojos entornados.

—Explíquemelo, Sinclair. A ver si lo entiendo.

Jack vaciló un instante antes de hablar.

—La noche que asesinaron a mi padre, cuando Elizabeth Kincaid fue a las oficinas del Grupo Kincaid para llevarle la cena, lo oyó hablando al llegar a la puerta de su despacho y pensó que debía estar al teléfono. ¿Se lo mencionó cuando la interrogó?

Charles sacudió la cabeza.

—No, no lo hizo —respondió con aspereza, visiblemente molesto de que no se le hubiera dado a él esa información–. Pero puedo asegurarle que no estaba hablando por teléfono. He repasado el registro de llamadas del teléfono de su despacho y también el de su móvil. Hizo una llamada, pero fue mucho antes de que llegara la señora Kincaid. Llamó a un amigo para confirmar la hora a la que iban a quedar para jugar al golf ese fin de semana.

–¿Y entonces con quién podía estar hablando? –inquirió Nikki.

Charles se encogió de hombros.

–¿Consigo mismo? A mí me ha pasado alguna vez, cuando estaba muy enfrascado, intentando resolver un caso.

De pronto a Jack se le ocurrió algo, algo que podía tener su lógica.

–¿Y si el asesino hubiese estado dentro del despacho de mi padre cuando llegó Elizabeth?

Nikki se quedó mirándolo admirada.

–¡Jack, eso es brillante! Nunca se me habría ocurrido, pero desde luego explicaría cosas que no concuerdan.

El detective parpadeó sorprendido.

–¿De dónde ha sacado esa idea?

–Elizabeth nos dijo que mi padre la trató con una aspereza inusual en él. Incluso dijo que fue «cruel» con ella.

–¿Y qué?

–Pues que como ella dijo, no era algo habitual en mi padre. Y desde luego no es el modo en que él me enseñó a tratar a las mujeres. Aunque le fuera infiel a su esposa con mi madre, la quería y la respetaba.

—Lo sé; es lo mismo que me dijeron su familia y los empleados de Reginald —asintió Charles—. Esa fue una de las razones por las que dudé de su versión de los hechos. Continúe.

—¿Por qué iba a comportarse de un modo tan inusual esa noche? —dijo Jack—. No tiene sentido. A menos que… —solo esperaba que su idea no le pareciese completamente descabellada al detective—. A menos que el asesino estuviese en el despacho en el momento en el que Elizabeth entró, y mi padre, para protegerla, la tratara con malos modos para que saliera de allí lo antes posible.

—Habiéndolo conocido, puedo decir que eso es justo lo que Reginald habría hecho en una situación así —murmuró Nikki. Tomó la mano de Jack y se la apretó—. Eso explicaría tantas cosas…

—Suponiendo que fuera eso lo que pasó —puntualizó Charles—. Desde luego es una explicación plausible, pero por desgracia es igual de posible que hubiese descubierto que su esposa tenía un romance con Cutter Reynolds, y que al llegar Elizabeth no fuera capaz de controlar su ira.

—¿Pero cómo podía haberse enterado de eso? —inquirió Nikki—. Si hubiese contratado a un investigador privado, a estas alturas tú ya lo habrías descubierto. Es más, no lo sabía ninguno de sus hijos.

—Y si algún amigo de mi padre lo hubiese sabido, le aseguro que habría sido la comidilla de Charleston en cuestión de horas —añadió Jack.

Charles sacudió la cabeza.

–Es cierto, ninguna de las personas a las que interrogué mencionó que Elizabeth tuviese un romance con Cutter Reynolds.

–Y entonces… ¿cómo podría haberlo sabido Reginald? –insistió Nikki.

–Está bien, digamos que tu amigo Jack tiene razón y que el asesino estaba en el despacho cuando ella entró, pero eso no nos ayuda demasiado –dijo el detective–, ni se contradice con los hechos establecidos. En primer lugar, el asesino usó la entrada principal aprovechando que en ese momento entraba Brooke Nichols, poco antes de que acabara la jornada laboral. En segundo lugar, el asesino tenía que ser alguien que conociera el edificio, y que supiese dónde estaba el despacho de Reginald, ya que no pidió indicaciones, y se comportó como si supiera dónde iba. Y eso a su vez nos sugiere que Reginald lo conocía. Por eso me he centrado en la familia y las personas cercanas a él.

–Y todo el mundo tiene coartada –dijo Nikki.
–Sí.

Ella frunció los labios.

–Entonces lo que habría que hacer es pensar quién saldría más beneficiado con su asesinato. En otras palabras: quién tendría más motivos.

Charles asintió.

–Exacto. Y las únicas personas que se han beneficiado de algún modo han sido sus familiares más inmediatos –miró largamente a Jack–. Y de todos, Sinclair, es usted, con el cuarenta y cinco por ciento de las acciones de la compañía, quien más beneficiado ha salido.

Jack se obligó a mantener la calma.

—Sí, pero eso no cambia el hecho de que yo no maté a mi padre. Jamás haría algo así. Maldita sea, detective, sería incapaz de hacer algo así.

—¿Y entonces por qué estaba su coche en ese aparcamiento cerca del edificio del Grupo Kincaid la noche del crimen?

—Ojalá lo supiera —dijo Jack. Y como McDonough se estaba mostrando bastante comunicativo, se atrevió a hacerle una pregunta—. ¿Cómo es posible que tengan imágenes de mi coche grabadas por las cámaras de seguridad del aparcamiento, pero no de mí?

El detective se echó hacia atrás, balanceándose sobre las patas traseras de la silla.

—Esa es la cuestión Sinclair: sí que las tenemos. Tenemos un precioso video en el que se le ve bajando de su caro Aston Martin y dirigiéndose al edificio del Grupo Kincaid.

Capítulo Seis

Aquellas palabras dejaron patidifuso a Jack.

–¿Qué? –se quedó mirando de hito en hito al detective, intentando encontrarle sentido a algo que no lo tenía–. ¿Cómo puede haber un video mío si yo no fui allí? Le aseguro que esa noche estuve trabajando, y que no me fui de la oficina hasta bien pasada la hora del crimen.

Nikki salió en su defensa.

–Además, si es verdad que tenéis ese video, ¿cómo es que no habéis arrestado a Jack?

Charles la ignoró, y se quedó mirando fijamente a Jack durante un buen rato antes de sacudir la cabeza y farfullar algo entre dientes.

–De verdad no sabe de qué le estoy hablando, ¿no, Sinclair? O eso, o es usted un actor de primera.

–Lo único que sé es que es imposible que tengan un video de mí en ese lugar y a esa hora porque no estuve allí –se limitó a decir.

–Esa noche llovía a cántaros. La persona que se ve salir de su coche en el video es más o menos de su altura y envergadura, y lleva un sombrero, de esos que imitan el de Indiana Jones.

–Ya. De donde yo soy le damos un nombre a los idiotas que llevan esos sombreros.

Los ojos de McDonough brillaron con humor.

–Sí, por aquí también los llamamos así. Aunque es una palabra que no pronunciaré delante de Nikki.

–Entonces, ¿en ese video no se ve la cara del tipo? –inquirió Jack.

–No. Y por lo poco que se ve parece que va disfrazado con una barba y una gafas. También lleva una gabardina, lo que dificulta ver bien qué complexión tiene.

Jack se quedó pensativo.

–¿Podría ser una mujer?

McDonough se encogió de hombros.

–Lo dudo. Según la descripción del hombre que vio Brooke Nichols y que suponemos que era el asesino, era alto, casi de la altura de R. J.

–Otro punto en mi contra.

–Y uniendo todos los puntos hay serias evidencias circunstanciales contra usted, Sinclair –dijo McDonough–. ¿De qué habló con su padre ese día?

–Hablamos el día antes, no ese día –contestó Jack distraídamente.

El detective lo miró con los ojos entornados.

–Se equivoca, hijo. Cuando Matthew Kincaid me preguntó por el registro telefónico de ese día, decidí echarle un vistazo. Hubo una llamada de Carolina Shipping a la línea privada de su padre una hora antes de que cerraran las oficinas del Grupo Kincaid.

–¿De Carolina Shipping? ¿Desde mi línea privada o la línea principal? –inquirió Jack.

El detective le recitó el número de memoria.

—Esa es la línea principal. Siempre que lo llamaba lo hacía por la línea privada o con mi teléfono móvil.

—Pero esa vez no lo hizo.

Jack apretó la mandíbula.

—¿Por qué está tan empeñado en colgarme a mí el asesinato de mi padre?

El detective se encogió de hombros.

—¿Tal vez porque cada nueva evidencia que aparece conduce a usted? Me parece muy curioso, Sinclair; muy, muy curioso.

—Mire el registro de llamadas del Grupo Kincaid de varios meses —lo instó Jack—. Verá que cada una de las llamadas que le hice a mi padre fue desde mi teléfono móvil o desde la línea privada de mi despacho.

—Si no lo llamó usted, ¿quién fue?

Jack frunció el ceño.

—Es una buena pregunta, y le aseguro que pienso averiguarlo en cuanto llegue a la oficina.

—Ya. Pues mientras busca una explicación, a ver si se le ocurre otra que explique por qué estaba su coche en ese aparcamiento la noche del crimen. Una mejor que «yo no lo hice».

Jack tuvo que hacer un esfuerzo para contener su frustración.

—Tengo una sugerencia. ¿Por qué no me enseña ese video?

El detective lo miró con suspicacia.

—¿Por qué?

–Quiero asegurarme de que es mi coche.

–Tiene hasta la misma matrícula –aun así, Mc-Donough debió sopesar la idea, porque se encogió de hombros y le dijo–: Veré si hay posibilidad de mostrarle el video –echó su silla hacia atrás y se puso de pie–. Nikki, te advertiría que te alejaras de este tipo, pero dudo que me escucharas.

Nikki le sonrió.

–Perdona, Charles, pero estoy en esto hasta el final.

McDonough suspiró.

–Me temía que diría eso –lanzó a Jack una mirada gélida–. Acompáñeme hasta la puerta –le dijo, y por su tono Jack supo que no se lo estaba pidiendo.

McDonough no volvió a decir nada hasta que llegaron al vestíbulo. Una vez allí, se volvió hacia Jack con el ceño fruncido y le dijo:

–El padre de Nikki y yo fuimos compañeros durante muchos años, Sinclair. Se interpuso para evitar que me dispararan y quien se llevó el disparo fue él. No ha pasado un solo día desde entonces sin que lo recuerde.

–Ella no le culpa –fue lo único que acertó a decir Jack.

–Porque tiene un corazón que no le cabe en el pecho. Todo el mundo en el cuerpo quería a su padre, y cualquiera de nosotros haríamos lo que fuera por ella. ¿Entiende lo que le estoy diciendo? –el detective no esperó a que le respondiera, sino que se inclinó hacia delante, y añadió para dejárselo bien claro–: Si le hace daño a Nikki no podrá cruzar la calle sin que lo arresten por cruzar sin mirar. Y eso si aún tiene un par de piernas que lo sostengan cuando hayamos acabado con usted.

Y dicho eso se dio media vuelta y se marchó.

Minutos después Jack y Nikki iban en el coche al trabajo. Cuando tomaron el desvío hacia East Battery el tráfico se intensificó.

—¿Y esta noche? –le preguntó Jack–. ¿Tu casa o la mía?

—La tuya –dijo Nikki–. Me gustaría volver probar más cosas en el jacuzzi –añadió en un tono sugerente.

Jack le sonrió.

—Me parece una idea estupenda.

Se quedaron en silencio, y al cabo de un rato Nikki le preguntó:

—Imagino que vas a intentar averiguar quién llamó a tu padre desde las oficinas de tu compañía como le has dicho a Charles, ¿no?

Jack asintió.

—En cuanto llegue. Si encuentro a quien lo telefoneó, tendremos una charla antes de que llame a la policía para que lo interroguen. Quiero saber dónde estuvo esa noche y si hay alguna posibilidad de que esa persona hubiera podido llevarse mi coche.

—¿Te importaría que te acompañase? –le preguntó Nikki–. Cuatro ojos ven más que dos.

—¿Y tu trabajo?

–Esto también es trabajo –contestó ella–. Te estoy espiando, ¿recuerdas?

Para su alivio, Jack se rio.

–Cierto, cierto. No puedo creer que se me hubiera olvidado –dijo–. De acuerdo, puedes quedarte conmigo hasta la hora del almuerzo, pero por la tarde tengo algunas reuniones que no puedo posponer.

Cuando llegaron al edificio de Carolina Shipping y se bajaron del coche en el aparcamiento, Jack, que aún debía estar dándole vueltas a su conversación con Charles, le dijo a Nikki:

–Es ridículo que la policía piense que fui yo quien mató a mi padre. Ese día tuvimos muchísimo trabajo y muchos empleados se quedaron trabajando hasta tarde conmigo. Y a lo largo de la tarde varias personas entraron y salieron de mi despacho. Si me hubiera ido y luego hubiera vuelto se habrían dado cuenta, y se lo habrían dicho a la policía.

–Lo sé, nada de esto tiene sentido.

–¿Y entonces por qué siguen pensando que soy sospechoso?

–No lo sé, Jack. El asesino necesitó bastante tiempo para perpetrar el crimen; tiempo que tú no pudiste tener de ningún modo. No solo tuvo que esperar a que se quedara vacío el edificio del Grupo Kincaid para encontrar solo a tu padre en su despacho; antes de eso también tuvo que estar esperando un buen rato fuera a que llegara algún empleado para evitar firmar en el libro de registro de recepción.

–Eso es otra cosa que no tiene sentido. Se llevaron la hoja de ese día. Y si evitó firmar, ¿por qué se llevó la hoja? –inquirió Jack.

–Yo también me lo he preguntado –respondió Nikki–. ¿Tal vez por si el personal de seguridad hubiese anotado su llegada aunque no hubiera firmado?

–¿Por aquello de más vale prevenir que curar?

–Podría ser así de simple.

Jack lo pensó y asintió con la cabeza.

–Supongo que puede ser.

Tomaron el ascensor del aparcamiento, y cuando llegaron a la planta en la que Jack tenía su despacho y pasaron por delante de su secretaria, se detuvo un momento para decirle:

–Gail, llama a Lynn para que venga a verme en cuanto pueda.

A solas en su despacho continuó la conversación donde la habían dejado.

–De modo que el asesino, tras conseguir entrar en el edificio, iría, suponemos, directamente al despacho de mi padre.

–Eso supongo; sobre todo si tenía que devolver tu coche aquí antes de que nadie se diese cuenta de que no estaba –asintió Nikki.

–Y el siguiente problema: ¿cómo podía saber que mi padre estaba aún en la oficina, y lo más importante, que estaría solo?

–Bueno, parece que es algo de familia, eso vuestro de trabajar hasta tarde –apuntó Nikki.

Jack se acercó a ella.

–En mi caso ya no tanto como antes –protestó con una sonrisa–. Al menos no desde hace cuatro meses. Has conseguido que supere mi adicción al trabajo.

Nikki sonrió también.

–Eso significa que mi diabólico plan está funcionando.

–Demasiado bien –Jack le rodeó la cintura con los brazos y se puso a besarla detrás de la oreja, haciendo que todo pensamiento coherente abandonara su mente–. Cuando pongo en la balanza el trabajo y el placer de pasar tiempo contigo, el trabajo siempre sale perdiendo.

–Oh, Jack… –murmuró Nikki.

Incapaz de resistirse lo besó, poniendo en ese beso su corazón y su alma. Nunca había conocido a un hombre capaz de excitarla de esa manera, con una mirada, una caricia, un comentario.

Jack le desabrochó los botones de la chaqueta, y deslizó las manos dentro, acariciando sus senos a través del top de seda sin mangas que llevaba y por un instante el tiempo se desvaneció.

–Nikki, hay algo que llevo mucho tiempo queriendo preguntarte… –comenzó a decir Jack.

Pero en ese momento llamaron a la puerta, y se apartaron el uno del otro a regañadientes. Mientras Nikki se abrochaba la chaqueta, Jack carraspeó, y se colocó bien la corbata y se pasó una mano por el cabello, aunque ni se había despeinado ni se le había movido la corbata. Nikki reprimió una sonrisilla al ver que le costaba recobrar la compostura, porque la llenaba de satisfacción saber que lo afectaba hasta ese punto.

–Adelante –dijo Jack.

Lynn, la recepcionista, entró en el despacho.

–¿Querías verme, Jack? –preguntó, y cuando sus ojos se posaron en Nikki esbozó una sonrisa y la saludó amablemente–. Me alegra volver a verla, señorita Thomas.

Nikki le devolvió el saludo con un asentimiento de cabeza y una sonrisa.

–Lynn, necesito saber quién llamó al despacho de mi padre desde nuestras oficinas el día del asesinato –le dijo Jack sin más rodeos–. Es una llamada que se hizo a través de la línea principal; sobre las cuatro, creo. ¿Podrías averiguarlo?

Lynn que se puso seria.

–Por supuesto.

Cuando se hubo marchado, Jack fue hasta el mueble bar, donde tenía también una máquina de café, y se sirvió una taza para él y otra para Nikki. Volvió junto a ella, que había tomado asiento en una de las sillas frente a su escritorio, y le tendió una de las tazas antes de sentarse en el borde de la mesa y tomar un sorbo de su café.

–¿Sabes? –dijo dejando la taza en el platillo–. Repasando los hechos, da la impresión de que el asesino no fue muy eficiente en la gestión del tiempo que le llevó perpetrar el crimen. Y como le dije al detective McDonough, nada de esto tiene sentido. En todo el tiempo que tardó desde que dejé mi coche en el aparcamiento, hasta que salió del edificio después de matar a mi padre, yo podría haberme dado cuenta de que mi coche no estaba y denunciarlo en la comisaría más próxima. Y no solo eso; durante todo el tiempo que tuvo que esperar escondido a que el guardia de seguridad fuera al cuarto de baño para poder huir de la escena del crimen, alguien podría haber encontrado el cadáver y haber avisado a la policía. En todo ese tiempo yo no podría haber ido hasta allí y haber vuelto a las oficinas de Carolina Shipping. No se cómo la policía puede seguir considerándome sospechoso. Es algo que no se sostiene.

—A menos que piensen que estabas compinchado con el asesino —apuntó Nikki vacilante.

Para su sorpresa, Jack asintió.

—Yo estaba pensando lo mismo. Si lo ves desde el punto de vista de un policía, explicaría por qué el asesino usó mi coche —apretó los labios—. Ese tipo me la jugó bien jugada.

—Sí, es evidente que quería que la policía descubriera con el video de las cámaras de seguridad que tu coche estaba en ese aparcamiento, un Aston Martin rojo que todo el mundo en Charleston sabe que es tuyo —dijo Nikki—. Pero si hubieras estado compinchado con él habría sido increíblemente estúpido por tu parte que le hicieras usar un coche tan llamativo que llevaría a la policía directamente a ti.

Jack asintió de nuevo.

—Estoy empezando a pensar que es posible que estemos analizando esto desde el ángulo equivocado —continuó Nikki—, y la policía también.

Jack captó al instante lo que quería decir.

–En vez de preguntarnos quién tenía algo en contra de mi padre, deberíamos preguntarnos quién tiene algo contra mí y asesinó a mi padre para cargarme a mí con el crimen. Por desgracia se me ocurren más de un par de nombres, y la mayoría son miembros de la familia Kincaid.

Nikki se estremeció.

–Jack… ¿Y si la policía decide que eres inocente? Eso no le caería muy bien al asesino porque se frustrarían sus propósitos. Si ocurre eso es posible que vaya directamente a por ti. Puede que estés en peligro.

–No te preocupes, Nikki. Sé cuidar de mí mismo.

Esa respuesta calmada no hizo sino aumentar la preocupación de Nikki. ¿Cuántas veces le había dicho su padre eso mismo? Pero una bala había acabado con su vida.

Dejó su taza en la mesa y replicó:

–¿Y cómo crees que vas a evitarlo? Mira lo que le pasó a tu padre.

–Y al tuyo –murmuró Jack adivinándole el pensamiento–. Es eso lo que quieres decir, ¿no?

Nikki rompió a llorar, y Jack se puso de pie de inmediato y la levantó de la silla para estrecharla entre sus brazos.

–Shh… No te preocupes, cariño. Vamos a descubrir quién lo hizo, y dejaremos que McDonough se ocupe.

–Pero… ¿y si no conseguimos averiguar quién es? ¿O si no hay ninguna prueba para que la policía pueda meterlo entre rejas? O peor… –Nikki se mordió el labio–. ¿Y si el asesino te implica en el crimen y la policía le cree?

Antes de que Jack pudiera contestar llamaron a la puerta de nuevo. Nikki se apartó de Jack y fue a la máquina de café con su taza, para fingir que estaba sirviéndose otra, y se secó las lágrimas con el dorso de la mano.

Jack dijo «adelante» y entró la recepcionista. Nikki vio por el rabillo del ojo cómo se retorcía las manos, visiblemente agitada.

–Señor Sinclair… –comenzó.

Que lo llamara de un modo tan formal en vez de «Jack» hizo intuir a Nikki que no tenía buenas noticias.

–¿Qué has averiguado, Lynn?

–Lo siento tanto… –dijo la chica–. Es todo culpa mía, Fui yo quien le dejé usar el teléfono. No pensé que hubiera nada de malo en ello.

–Un momento… Ve más despacio –le dijo Jack en un tono tranquilizador. Tomó a la chica del brazo y la llevó hasta el sofá–. Siéntate y empecemos de nuevo. Has preguntado a los empleados quién llamó ese día a las oficinas del Grupo Kincaid y…

Lynn se sentó en el sofá y lo miró nerviosa.

–Y no lo hizo ninguno de ellos. Fue entonces cuando me acordé de que su hermano, Alan, se pasó por aquí ese día. Me dijo que quería verlo, pero usted había dicho que estaba ocupado y no quería que lo interrumpieran, y así se lo dije. Y entonces me sonrió de ese modo que sonríe él, ya sabe. Es un encanto, siempre tan cortés. El caso es que me preguntó si podía usar el teléfono. Le dije que por supuesto, y le ofrecí el de recepción, pero me dijo que necesitaba privacidad, así que le llevé a una de las salas de reuniones. No estuvo allí más de cinco o diez minutos, pero en un momento dado me pareció oírle alzar la voz. Luego salió, y le dije hasta luego, pero no debió oírme, porque se fue derecho hacia la salida y… –la chica vaciló, como dudando de si debía acabar la frase.

–Estaba bien, Lynn, continúa; no va a molestarme lo que tengas que decir de mi hermano.

–Parecía enfadado –respondió ella–. Y me extrañó, porque como normalmente es tan agradable… No sé, me dio la sensación de que su conversación telefónica lo había enfadado.

–Gracias, Lynn, es justo lo que quería saber.

–¿De verdad? –inquirió ella preocupada–. ¿No hice mal en dejarle llamar?

–No, no hiciste nada malo. Puedes volver a tu puesto.

La chica sonrió, y sus ojos castaños brillaron de alivio.

–Gracias, Jack.

Cuando la puerta se cerró tras ella, Jack se volvió hacia Nikki muy serio.

–Alan hizo esa llamada… –murmuró ella, que no salía de su asombro–. ¿Crees que es posible que él…?

Jack apretó la mandíbula.

–Me cuesta creer que matara a mi padre, pero creo que es hora de que le hagamos una visita.

Capítulo Siete

Nikki y Jack solo tardaron tres horas en llegar a Greenville, donde vivían Alan y la madre de ambos, Angela. Poco después del mediodía cruzaban la verja de entrada de la enorme finca que Reginald había comprado para su madre en las montañas. Jack había vivido allí con ellos desde los diez años hasta que se había ido a la universidad.

Cuando aparcó el coche frente a la casa se quedó mirando aquel lugar que tiempo atrás había sido su hogar. Se había llevado sus cosas el día que se había licenciado. En parte se había ido tan pronto para no tener más choques con Alan, que le había dejado bien claro que no lo quería allí, pero sobre todo porque quería vivir por sus propios medios, en vez de seguir viviendo de la generosidad de su padre, igual que se había pagado sus estudios universitarios. Había sido una cuestión de orgullo para él.

–Mi madre pensó en vender la finca hace un par de meses –le comentó a Nikki–, pero Alan se puso tan furioso que lo dejó estar.

–¿Estarán en casa? –inquirió ella.

–Mi madre debería estar en el trabajo, a menos que hoy tenga turno de media jornada. Si es así llegara pronto. En cuanto a Alan… –sus labios se curvaron en una sonrisa sardónica–. Ahora mismo está sin trabajo, así que debería estar en casa.

Se bajaron del coche, y Jack no se molestó en llamar a la puerta, sino que usó su llave para entrar, y al oír abrirse la puerta Alan apareció enseguida en el arco que separaba el espacioso vestíbulo del salón.

Unos centímetros más bajo que Jack, Alan había salido a su padre, Richard Sinclair, en el cabello rubio y las facciones, pero los ojos eran como los de su madre, castaños.

Llevaba un libro abierto en las manos, y dobló la esquina de la página en la que se había quedado antes de cerrarlo.

–Vaya, Jack… esta es toda una sorpresa –Alan miró a Nikki y la saludó con una sonrisa–. Y Nikki… Me alegra volver a verte, aunque tampoco te esperaba. Deberías haber llamado para decirnos que pensabas venir de visita, Jack.

–Debería, pero no lo he hecho –respondió Jack, y señaló el salón–. Vamos a sentarnos; tenemos que hablar.

–¿Queréis algo de beber? –les ofreció Alan, yendo directo al mueble bar cuando pasaron al salón.

–No –respondió Jack mientras Nikki y él se sentaban en uno de los sofás–. Solo quiero hacerte una pregunta.

–Ah. Ya veo. ¿De qué se trata?

–Estuviste en las oficinas de Carolina Shipping sobre las cuatro el día que mi padre fue asesinado. ¿Te importaría decirme para qué fuiste allí?

Alan se rio con incredulidad.

–¿Has venido hasta aquí para preguntarme eso? Podrías haber llamado por teléfono, Jack; te habrías ahorrado el viaje.

Sí, pero entonces no habría visto la expresión de su rostro al sacarle el tema.

–No has contestado a mi pregunta.

–Hace tanto tiempo que ya ni me acuerdo –Alan se sentó en otro sofá frente a ellos, y cruzó una pierna sobre la otra con una despreocupación estudiada–. Ah, espera, ya recuerdo. Pasé por allí para invitarte a cenar. Pero la recepcionista me dijo que estabas ocupado y no quise molestarte.

–¿Ibas a invitarme a cenar? ¡Sería la primera vez! No recuerdo que me hayas invitado nunca a cenar.

Su hermano se llevó a los labios el vaso de whisky que se había servido, y después de tomar un sorbo sonrió a Jack por encima del borde con un toque de malicia.

–Si te hace sentir mejor te diré que pensaba hacer que pagaras tú.

–No lo dudo.

Jack se quedó mirándolo, y no lo sorprendió ver los primeros signos de incomodidad en él, como que se alisara una arruga inexistente en los pantalones.

–Bueno, y cuando fuiste a invitarme a cenar y te dijeron que estaba ocupado, ¿qué pasó? ¿Decidiste usar un teléfono de la empresa para llamar a mi padre? Me parece raro que no usaras el móvil.

–No podía; se me había agotado la batería.

–¿Y para qué llamaste a mi padre?

Alan tomó de un cenicero de la mesita el puro que estaba fumándose, y después de sacudirle la ceniza, se lo llevó a los labios y aspiró una bocanada.

–Como tú estabas ocupado pensé que a lo mejor Reginald querría unirse a mí. Pero resultó que tampoco estaba disponible –se encogió de hombros–. Supongo que tenía una cita con un asesino.

Jack explotó; lo cual, sin duda, era la intención de Alan. Soltó una palabrota y se puso en pie de un salto antes de agarrar a su hermano por el cuello de la camisa y levantarlo. El vaso salió volando de la mano de Alan y se estrelló contra el suelo, donde quedó hecho pedazos en medio de un charco de bourbon y hielos. El puro se le cayó del susto a la alfombra, y Nikki se apresuró a recogerlo antes de que ocurriera una tragedia y lo puso en el cenicero.

–Jack, suéltalo –le rogó poniéndole una mano en el brazo–. Pegándole no solucionarás nada.

–Puede que no solucione nada, pero desde luego hará que me sienta mucho mejor.

–Lo único que conseguirás es que Nikki vea qué clase de hombre eres –dijo Alan–. La prepotencia con que empezaste a tratarme cuando Reginald volvió a la vida de nuestra madre, comportándote como si fueras el amo y señor del lugar. Hasta entonces no habías sido más que un bastardo al que nadie quería. Mi padre te despreciaba; nuestra madre me lo dijo. Detestaba haberse visto obligado a adoptarte y a darte su apellido. Detestaba que su hijo tuviera que criarse bajo el mismo techo que escoria como tú. Habríamos sido muy felices sin ti, la familia perfecta. Y si mi padre no hubiese muerto las cosas no serían como son ahora.

A Jack se le revolvió el estómago al escuchar hasta qué punto el veneno del odio había infectado a su hermano. Nunca había imaginado que su odio hacia él fuera tan profundo.

—Tienes razón, Alan —dijo soltándolo—. Teniendo en cuenta que tu padre era un hombre de medios limitados, desde luego no tendrías nada de esto —añadió señalando en derredor suyo con un ademán—. El dinero de mi padre pagó esta casa y gracias a él te aficionaste a gustos caros, como ese bourbon que bebes o esos puros habanos que te fumas. ¿Qué ocurrió, Alan? ¿Te amenazó con cerrarte el grifo si no te buscabas un trabajo? ¿Te exigió que te fueras de casa de una vez?

—¡No! Reginald me quería; me adoraba —respondió Alan furioso. Miró a Nikki—. Tienes que alejarte de él lo antes posible; no estás segura a su lado.

—Sé exactamente qué clase de hombre es Jack —le espetó Nikki, y ladeó la cabeza antes de preguntarle—: ¿Qué clase de hombre eres tú, Alan? ¿O a lo mejor ya has contestado a esa pregunta?

Alan dio un paso atrás, sorprendido de verse atacado por ella de repente.

—¿Qué diablos quieres decir con eso?

—¿Dónde estabas la noche que asesinaron a Reginald?

Alan la miró boquiabierto.

—¿Perdona?

–Es solo curiosidad. Estuviste en Charleston esa noche.

–Eso es mentira –negó Alan indignado–. Esa noche estaba aquí, en casa. Abandoné la ciudad cuando supe que Jack no podría venir a cenar conmigo.

–Ni Reginald –le recordó Nikki.

Alan apretó los labios.

–Ni Reginald. Y por eso decidí volver a casa. Cuando Reginald Kincaid encontró la muerte en esas trágicas circunstancias yo estaba aquí, con nuestra madre. Cenamos, vimos la televisión un rato, y me fui a la cama poco antes de las doce. Aunque no sé por qué tengo que daros explicaciones.

Se oyó una llave girando en la cerradura de la puerta de la entrada, y luego cómo se abría.

–¿Alan? –llamó la voz de Angela desde el vestíbulo–. ¡Ya estoy en casa!

–¡Y no podías llegar en mejor momento! –le contestó Alan, girando la cabeza en esa dirección. Miró furibundo a Jack y a Nikki–. Ahora veréis lo ridículas que son vuestras sospechas.

Angela apareció vestida con su uniforme verde claro de enfermera de camisa y pantalón. Era una mujer guapa, y aunque menos esbelta que Elizabeth, a Nikki le recordaba un poco a Grace Kelly en sus últimos años.

–¿Jack? –dijo vacilante, yendo hacia ellos–. ¿Qué haces aquí?, ¿ha ocurrido algo?

–No. Solo estamos teniendo una discusión mi hermano y yo.

Angela exhaló un suspiro cansado.

–Ojalá aprendierais a llevaros bien.

–Cree que fui yo quien mató a Reginald –le dijo Alan. Fue junto a ella y le rodeó los hombros con el brazo–. Diles lo que le dijiste a la policía; que estaba aquí contigo cuando lo asesinaron.

Angela se puso rígida y miró estupefacta a Jack.

–Esto no puede ser cierto… ¿No creerás de verdad que Alan podría haber sido capaz de…?

–¿Estaba aquí contigo esa noche, mamá? –le preguntó Jack.

Ella vaciló un instante antes de contestar:

–Pues claro que sí; ¿acaso no es eso lo que le dije a la policía?

Jack se quedó callado.

–No lo sabía. Nunca hemos hablado de ello.

–¿Y qué te hizo pensar que Alan podría haber matado a Reginald? –los ojos de su madre parecían suplicarle–. ¿Cómo se te pudo pasar por la cabeza algo tan horrible?

–Estuvo en Charleston ese día por la tarde.

–¿Y qué?

–Vino a Carolina Shipping y llamó a mi padre desde allí solo un par de horas antes del asesinato.

–Como he dicho –lo interrumpió Alan–, solo quería invitarle a cenar cuando la recepcionista me dijo que tú estabas ocupado.

–¿Eso es todo? –inquirió su madre, con lágrimas de alivio en los ojos–. ¿Has acusado a tu hermano de asesinato basándote en algo tan poco sólido como eso?

Jack se planteó si debería preguntarle por el

sombrero estilo Indiana Jones, pero decidió que sería mejor no hacerlo. No tenía ninguna prueba de que su hermano tuviera un sombrero de ese tipo. Y era mejor que Jack no supiera toda la información que tenían. De hecho, estaba empezando a arrepentirse de haber ido allí; lo único que había conseguido era que Alan supiese que sospechaba de él. En cualquier caso tenía claro que, si lo interrogase de nuevo la policía, Alan le cargaría a él con el asesinato.

Y teniendo en cuenta las molestias que se había tomado para que pareciera precisamente que había sido él, robando su Aston Martin y llevándolo a ese aparcamiento para que las pistas apuntaran hacia él, iba a necesitar algo más que un sombrero antes de ir a la policía.

Y tampoco era prueba suficiente esa llamada que había hecho desde Carolina Shipping, sobre todo cuando su madre respaldaba la coartada de Alan. Había llegado el momento de retirarse.

—Lo siento, mamá; no sabía que había estado contigo —dijo, intentando que su disculpa sonara sincera—. Y te pido perdón a ti también, Alan; en serio.

—Eso es lo que tienes que hacer, disculparte —le dijo Alan, con una mezcla de alivio y una actitud de dignidad ofendida.

—Supongo que la muerte de mi padre me ha afectado más de lo que pensaba y me estoy volviendo algo paranoico —dijo Jack antes de mirar a Nikki—. Deberíamos irnos ya.

Ella asintió, y Jack fue hasta donde estaba su madre y le dio un beso en la mejilla.

–Te llamaré dentro de unos días.

–Sí, eso será lo mejor –dijo Angela.

Jack se volvió hacia su hermano con una mirada de disculpa.

–Te pido perdón de nuevo, Alan.

Su hermano se limitó a sonreír triunfal y a mirarlo con altivez.

Salieron de la casa, y Jack no volvió a hablar hasta que estuvieron en el coche, alejándose de la finca.

–No es mi imaginación, ¿verdad? –le preguntó a Nikki–. Alan mató a mi padre.

–Yo también lo pienso –asintió ella. Apretó los labios y giró la cabeza hacia el parabrisas–. Ahora solo tenemos que hallar la manera de demostrarlo.

–¿Sabes una cosa?

Nikki se giró en el colchón sobre el costado y apoyó la cabeza en el pecho desnudo de Jack. Cuando se habían metido en la cama la habitación estaba sumida en la oscuridad, pero la luna asomaba en ese momento ligeramente por encima de la línea del horizonte, bañándola con su tenue luz plateada.

Habían pasado cinco días, y después de intentar explicar la contradicción entre los hechos y la coartada de Alan, habían llegado a la conclusión de que Angela había mentido para protegerlo. Sin embargo, seguían sin poder dilucidar cómo había hecho para llevarse y devolver el coche de Jack sin que este notase su falta.

Jack deslizó distraídamente una mano a Nikki por la espada, que se estremeció por dentro de placer.

–Me preocupa que, puesto que Alan es mi hermano, probablemente McDonough seguirá sospechando que lo hice yo, solo que con la ayuda de Alan.

–Pero habría sido muy estúpido por tu parte dejarle a Alan tu coche para cometer el crimen. ¿Por qué harías algo así cuando podríais haber alquilado un coche que no llamara la atención? Brooke vio al asesino cuando entró con ella en el edificio, y le dio a la policía una descripción muy detallada de él: gafas, sombrero, barba, gabardina… Sin esa descripción no habrían podido relacionarlo con el hombre al que se ve en el video del aparcamiento. Y si tú estuvieras compinchado con el asesino habrías alquilado un coche que no llamara la atención para que no te relacionasen con el asesinato. Claro que el asesino no contaba con que Brooke lo recordara con tanto detalle.

–¡Un momento!, rebobina.

–¿Cómo?

–Has dicho que lo lógico habría sido alquilar un coche que no llamara la atención –repitió Jack lentamente.

Nikki asintió.

–Claro. La única razón por la que Alan no lo hizo tiene que ser que quería implicarte en el asesinato.

122

—Sí, sí, pero no me refiero a eso —replicó Jack con impaciencia—. ¿Y si esa es la clave? ¿Y si no alquiló a propósito un coche que no llamara la atención, sino el mismo modelo de coche que tengo yo? ¿Y si esa noche no utilizó mi coche, sino que solo le quitó la matrícula cuando fue a Carolina Shipping, y se la puso al coche que había alquilado?

Nikki se quedó mirándolo boquiabierta.

—Dios mío, Jack... ¿Crees que es posible que hiciera eso? —se quedó pensativa. La idea la había sorprendido de tal modo que le llevó un momento construir un contra argumento razonable—. No sé, tu coche es muy característico —dijo lentamente—. Por no mencionar lo caro que es. ¿Crees que hay alguna compañía que alquile coches de ese modelo y de ese color? Yo no sé si alquilaría un coche de esos, la verdad.

Jack se encogió de hombros.

—No debería ser difícil de averiguar. Hay compañías que alquilan coches de lujo. Aunque no sé si... —se quedó callado y se incorporó en la cama como un resorte—. ¡Mierda! ¿Por qué no se me ocurrió antes?

—¿Qué, qué pasa? —inquirió ella sobresaltada, incorporándose también—. ¿Qué se te tenía que haber ocurrido?

—Dos días antes del asesinato de mi padre un idiota le dio un golpe a mí coche al dar marcha atrás para salir del aparcamiento y le hizo una buena abolladura, en la puerta trasera del lado izquierdo. Me había olvidado por completo.

–Bueno, es comprensible; tenías otras cosas en mente –le dijo ella con suavidad.

Jack se pasó una mano por el cabello.

–Lo llevé a reparar la semana siguiente, pero tengo una foto que hice para el seguro y los papeles de la reparación. Tal vez con suerte el vídeo demuestre que el Aston Martin no es el mío. Supongo que no se me ocurrió comentarle a McDonough lo de la abolladura porque di por hecho que era mi coche –se volvió impaciente hacia Nikki–. Tenemos que llamarle mañana mismo.

Nikki sacudió la cabeza.

–Mañana no –al ver que él se quedaba mirándola sin comprender, suspiró exasperada–. Es la boda de tu hermano, ¿recuerdas?

–Matt no es mi hermano –replicó él al instante. Pero no lo dijo con tanta vehemencia como lo habría dicho hacía unos días. Jack volvió a tumbarse y le preguntó–: ¿Despiertas tú a McDonough, o lo hago yo?

–Lo haré yo.

Nikki se giró para encender la lámpara de la mesilla de noche, tomó su teléfono móvil y, tras marcar el número del detective, se quedó esperando oír su voz gruñona, protestando por que lo despertaran a esas horas. Sin embargo, le saltó el buzón de voz, así que explicó brevemente su teoría, y le pidió que la llamara en cuanto le fuera posible.

–Va a estar fuera de la ciudad hasta mañana por la tarde –le dijo a Jack.

Él frunció el ceño.

—Bueno, supongo que no pasará nada por un pequeño retraso. Dudo que Alan vaya a irse a ninguna parte, sobre todo cuando vive como un rey a expensas de mi madre. Iremos a ver a McDonough después de la boda. Con un poco de suerte tal vez la investigación quede cerrada antes de la junta anual de accionistas.

Nikki no pudo evitar tensarse al oír esas palabras, y rogando por que él no se hubiera dado cuenta, dijo:

—Es a finales de la semana que viene, ¿no?

—Sí —Jack la miró y entornó los ojos—. ¿Has conseguido encontrar al accionista misterioso?

Nikki no quería que su conversación siguiera por ese camino.

—Tendré la información antes del día de la junta —le prometió Nikki, esperando que con esa evasiva se conformase.

—No queda mucho; solo una semana más. Y necesitaré tiempo para convencer a esa persona de que se ponga de mi lado —murmuró Jack incorporándose de nuevo—. Y no estoy seguro de poder conseguirlo. En fin, ¿cómo voy a convencer a nadie de que soy la persona idónea para dirigir el Grupo Kincaid cuando soy sospechoso de asesinato? Y cuando lo más probable es que sea mi hermano quien lo hizo.

—Los Kincaid no van a culparte por los actos de Alan, y estoy segura de que ese accionista tampoco lo hará.

—¿Eso crees? —Jack apartó las sábanas y se bajó de la cama.

La luz de la luna iluminó su magnífico físico, resaltando los músculos de su torso. No había duda: la desnudez le sentaba muy bien.

–No sé si yo me mostraría tan comprensivo con los Kincaid por el asesinato de nuestro padre si la situación fuera al revés –comentó Jack.

–Pero ninguno de vosotros tiene la culpa. No hay ningún motivo por el que no puedas hacer la paces con…

–No sigas, por favor.

Jack pronunció esas palabras en un tono tan desgarrado que Nikki se quedó callada. Se levantó de la cama y se acercó a él.

–Solo intentaba ayudar.

–Ya hemos hablado de esto. No quiero que me ayudes. No quiero que te entrometas.

Dolida, Nikki se alejó de él y fue a abrir las puertas del balcón para salir fuera, sin importarle que no llevara nada encima. Necesitaba un poco de aire fresco. Apoyó las manos en la barandilla y miró el océano. La luna llena derramaba su luz sobre las aguas y la playa, donde una suave brisa agitaba las hierbas silvestres de las dunas.

Los ojos de Nikki se llenaron de lágrimas. Solo le quedaban unos días con Jack. Siete días antes de que se viera obligada a confesar que ella era la accionista misteriosa. Siete días antes de que le diera la espalda, de que la despreciara, de que cortase cualquier vínculo que aún la uniera a ella. No sabía cómo iba a enfrentarse a ese momento cuando llegara.

Sintió la presencia de Jack detrás de ella un segundo antes de que posara la mano en su hombro.

Nikki se echó hacia atrás, apoyándose en él.

Jack la hizo girarse hacia él.

–Nikki, sé que quieres que me lleve bien con los Kincaid, pero eso no va a pasar.

–Lo sé.

Jack sacudió la cabeza.

–Pero no pierdes la esperanza.

Nikki escrutó su rostro en silencio.

–¿Acaso es algo malo?

–No es malo, pero no tiene sentido. Sobre todo si lo nuestro… Cuando nuestra relación cambie todo será distinto.

Nikki se tensó y se le cortó el aliento. ¿Acaso sabía algo? ¿Tal vez lo intuía?

–¿Qué quieres decir?

Jack debió notar su agitación porque esbozó una sonrisa para tranquilizarla. Y entonces ocurrió lo que menos se esperaba: tomó su mano izquierda y le puso un anillo en el dedo. Pasaron varios segundos antes de que el cerebro de Nikki procesara lo que acababa de hacer. Jack levantó un poco su mano para que la luz de la luna brillara sobre el anillo de plata con pequeños diamantes que rodeaban un zafiro.

–Cásate conmigo, Nikki.

Nikki no podía pensar; no podía articular palabra. Jack debió interpretar su silencio como un sí, porque la atrajo hacia sí y tomó sus labios, besándola con pasión. Incapaz de resistirse, Nikki le rodeó el cuello con los brazos y se entregó al beso por completo.

Cuando él la alzó en volandas y la llevó dentro apenas lo notó, abstraída como estaba por la caricia de sus besos y su lengua. Y luego, cuando su espalda tocó el blando colchón no hizo más que suspirar dentro de la boca de Jack.

¿Cuántas veces había soñado, durante esos cuatro meses, que por un milagro Jack se enamoraría de ella, como ella se había enamorado de él? Cuando descubriera que ella tenía el diez por ciento de las acciones restantes ya no querría casarse con ella, ni formar una familia con ella, pero en ese momento se permitió dejarse llevar por esa fantasía.

Introdujo sus dedos entre los mechones del corto cabello de Jack y lo atrajo más hacia sí. ¿Podía haber algo más delicioso que la unión de sus labios con los de él, que la deliciosa fricción de su cuerpo viril contra sus suaves curvas? Mientras su lengua se enroscaba con la de ella, Jack masajeaba sus senos y tiraba suavemente de los pezones con los dedos, y poco después despegó sus labios de los de Nikki para que su boca pudiera tomar el relevo de sus manos.

—Tienes los pechos más hermosos que he visto.

Una risa ahogada escapó de la garganta de Nikki.

—Nunca sé qué responder cuando me dices esas cosas. ¿Se supone que debería decir «gracias»? ¿No debería decir nada? ¿Debería negarlo?

—No puedes negar lo que es verdad —murmuró él descendiendo beso a beso por su estómago—. Y tu piel… es tan suave… y tiene un tono precioso: ni demasiado blanco, ni tan moreno como el de esas mujeres a las que, de pasar tantas horas tomando el sol, se les queda la piel como si fuera cuero.

Nikki volvió a reírse.

—Es tan bonita… y tan tersa… y sabe tan bien… —murmuró Jack—. Quiero volver a saborearte.

Deslizó las manos entre sus muslos, le abrió las piernas, e hizo exactamente eso.

—¡Jack! —gimió ella.

Quería decirle que parara, que era demasiado íntimo, pero los lametazos de su lengua, suaves pero insistentes, desterraron todo pensamiento de su mente. Se concentró en el calor cada vez más sofocante que se estaba generando entre sus piernas, y cuando Jack encontró el pequeño botón oculto entre sus pliegues creyó que iba a morir de placer.

Nikki se arqueó, estrujando las sábanas entre sus dedos, y sus músculos se tensaron al límite, igual que la cuerda de un arco. Cuando le sobrevino el clímax se le cortó el aliento y se estremeció como una hoja. Los coletazos de ese orgasmo, pequeñas oleadas de placer, se siguieron unos a otros, y parecía como si nunca fuesen a parar. Se le nubló la visión, y aspiró por la boca antes de que Jack la penetrara. El ascenso hacia las cimas del placer comenzó de nuevo. Lo rodeó con los brazos y las piernas y se aferró a él con todas sus fuerzas. Se acomodó al ritmo que él marcaba, respondiendo a cada una de sus embestidas, desesperada por alcanzar la cumbre de nuevo.

La respiración de Jack se volvió más rápida, igual que los movimientos de ambos, y sus cuerpos se perlaron de sudor, haciendo más intensa la sensación que provocaba la fricción de piel con piel. Nikki lo oyó murmurando: «Más, más, más…», como si fuera una letanía, y le dio más; le dio todo lo que tenía. Nunca se había entregando de esa manera a un hombre.

El deseo de ambos siguió escalando, alcanzando nuevas cotas hasta que llegó al límite. Jack se hundió en ella una última vez, ella arqueó las caderas, y se quedaron inmóviles como un conjunto escultórico que capturara ese instante perfecto del orgasmo, al borde del precipicio. Luego una gran ola los golpeó, arrastrándolos con ella, y se derrumbaron sobre el colchón en una amalgama de miembros, jadeantes y con el corazón martilleándoles en el pecho.

Jack gimió junto al oído de Nikki, y ella se estremeció al sentir su cálido aliento. Nunca sus sentidos habían estado tan agudizados como en ese instante; no hasta el punto de que el aliento de un hombre en su piel le pareciese la forma más deliciosa de tortura.

–¿Qué es lo que ha pasado? –inquirió él con voz ronca–. Jamás había…

–¿Nunca?

–En la vida. ¿Y tú?

–Nada que se pareciera a esto. Ni de lejos.

Jack se quitó de encima de ella y se tumbó sobre la espalda.

–Debería haberte pedido antes que te casaras conmigo.

Sus palabras la hicieron tensarse, y de pronto la oscuridad invadió el mundo de fantasía en el que se había refugiado.

–Jack…

Jack se volvió hacia ella y le rodeó la cintura con el brazo.

–Creo que he muerto y he subido al cielo –murmuró con voz soñolienta.

–Jack, tenemos que hablar.

Por respuesta solo obtuvo un suave ronquido, y al mirarlo vio que había caído en brazos de Morfeo. La verdad era que ella también estaba cansada después de aquella increíble sesión de sexo. Levantó la mano y se quedó mirando el anillo que Jack le había puesto. Los destellos que la luna arrancaba de las piedras preciosas parecían burlarse de ella porque ese anillo simbolizaba lo que nunca tendría.

No tenía derecho a llevar ese anillo en su dedo cuando sabía que nunca se casarían. Se le llenaron los ojos de lágrimas de solo pensarlo. Debería habérselo dicho a Jack, debería haberle dicho desde el principio que su padre le había dejado a ella esas acciones.

¿Y cuando le pidiera que votase a favor de él en la junta? Lo suyo terminaría porque tendría que decirle que no podía, que no lo haría. Dejó caer la mano y cerró los ojos. Al menos tendría el recuerdo de esos cuatro meses, algo que no habría tenido si hubiese sido sincera con él desde el principio.

Y aún tenía el resto de la noche, hasta que tuviera que devolverle el anillo. Tenía el resto de la noche para solazarse en ese mundo de fantasía en el que Jack la amaba y estaban comprometidos. Ese mundo en el que el matrimonio se alzaba sobre el horizonte en vez de los nubarrones negros que se acercaban cada vez más. Ese mundo en el que los niños que podría haber tenido jugaban en la verde extensión de césped que rodeaba la plantación de Jack en Greensville. Ese mundo en el que residía la felicidad, ya que fuera de él estaba condenada a morir de asfixia.

El sueño acabó arrastrándola a ella también. Sin embargo, justo antes de que se sumiera en sus profundidades, se dio cuenta de que Jack no le había dicho que la amara, y ese inquietante pensamiento casi la arrancó del sueño, y casi se le escapó una lágrima, pero solo casi, porque se refugió de nuevo en la fantasía.

Capítulo Ocho

Algo no iba bien. Jack no sabía qué era, pero en algún punto entre la increíble noche de pasión que habían compartido y el alba, algo había cambiado en Nikki.

Iba sentada a su lado, mirando por la ventanilla del Aston Martin y apretando entre sus manos un bolsito de mano de color metálico con pequeñas lentejuelas azules a juego con las que adornaban su vestido de seda gris plata.

–¿Qué ocurre? –le preguntó.

–¿Cómo? –inquirió ella sobresaltada, como si la hubiese sacado de sus pensamientos. Esbozó una sonrisa, pero resultó algo forzada–. Ah, no es nada. Supongo que todavía estoy medio dormida.

Jack consideró dejarlo estar, pero finalmente decidió insistirle un poco.

–Lo digo en serio: ¿qué te ocurre?

Nikki se quedó callada un buen rato.

–Este no es un buen momento, Jack –dijo en un tono quedo–. Vamos camino de la boda de Matt. ¿Por qué no hablamos después?

–Hablar. Eso significa que hay algún problemas.

Nikki exhaló un pesado suspiro.

–¿Estará Alan en la boda?

Jack habría querido para el coche y preguntarle qué diablos estaba pasando.

—Sí, estoy seguro de que estará allí, aunque solo sea para asegurarse de que ya no sospechamos de él. Y con lo callada y lo seria que estás seguro que pensará que has empezado a sospechar que fui yo quien mató a mi padre, en vez de él —Jack hizo una pausa—. ¿Es así?

—No seas ridículo —Nikki lo dijo con tal vehemencia que Jack supo que no le estaba mintiendo—. Sé que habrías sido incapaz de hacer algo así.

—De acuerdo, está bien. Era solo una duda que tenía.

—¿Y tu madre?, ¿asistirá también?

Jack se dio cuenta de que no estaba haciendo más que cambiar de tema, y le siguió el juego de mala gana.

—Sí, igual que fue a la boda de Kara y Eli, aunque imagino que es el último sitio donde querría estar. No es fácil ser la otra.

—No, imagino que no.

Jack quería que hablaran de lo que la preocupaba, pero ya habían llegado a la casa del coronel Samuel Beauchamp, la casa de Lily, que se la había brindado a los novios para celebrar allí la boda.

Seguramente al saberlo Nikki había pensado lo mismo que él: que era una curiosa coincidencia, porque era allí donde se habían conocido, la noche de la subasta de solteros.

—Nunca llegaste a formular ese deseo —le dijo después de aparcar el coche y apagar el motor—. Ese deseo que se supone que debía concederte por haberme ganado en la subasta.

Nikki lo miró de un modo sombrío.

—Estoy reservándolo —respondió—. Tengo la impresión de que lo voy a necesitar dentro de muy poco.

Por Dios… ¿Qué diablos estaba pasando? Jack reprimió un arranque de impaciencia porque sabía que como ella había dicho, no era el momento ni el lugar.

—Eso suena a mal presagio —se limitó a decir.

—No es un mal presagio; es solo la verdad.

Se bajaron del coche y al ir a tomar la mano de Nikki fue cuando Jack se dio cuenta de que no llevaba el anillo. Se paró en seco y la poca paciencia que le quedaba fue arrollada por un acceso de ira.

—¿Dónde está el anillo? —le preguntó en un tono más brusco de lo que había pretendido.

Nikki dio un respingo.

—Me pareció que no sería buena idea ponérmelo hoy.

Solo había una explicación posible: Nikki pertenecía a la alta sociedad de Charleston, y él era un bastardo… además de sospechoso de asesinato.

—Te avergüenzas de nuestro compromiso —le lanzó esa acusación como quien arroja un guante en señal de desafío.

—¡No! Es que… Todavía no te dicho que sí, Jack. Antes de darte una respuesta tenemos que hablar —los ojos de Nikki estaban ensombrecidos de dolor—. Todo esto me ha pillado desprevenida.

Jack levantó la mano izquierda de Nikki.

—Sí, a mí esto también.

Dijera lo que dijera estaba seguro de que si Nikki le estaba dando esa clase de evasivas tenía que ser porque desconfiaba de él por algún motivo. ¿Podría ser por el asesinato... o simplemente por quien era y lo que era?

—¿Qué es lo que pasa, Nikki?

Ella se soltó.

—Ya te lo he dicho, Jack: este no es ni el momento, ni el lugar.

Jack se plantó delante de ella.

—No pienso moverme de aquí hasta que no me hayas respondido.

Nikki apretó los labios.

—¿Te das cuenta de que en los cuatro meses que llevamos juntos no me has dicho ni una sola vez que me quieres?

—Ah, espera, deja que cuente el número de veces que me lo has dicho tú —Jack levantó las manos, como para contar, y luego la miró y le espetó—: ¡Ja! ¡Ninguna! A menos que se me haya olvidado cómo se suma, diría que yo podría acusarte a ti de lo mismo.

Nikki lanzó una mirada hacia la casa, donde ya estaban empezando a llegar otros invitados. Algunos se habían detenido al verlos discutiendo. Exhaló un suspiro y le dijo:

—Jack, llevo enamorada de ti casi desde el día en que nos conocimos —le confesó bajando la voz.

—¿Y por qué no me lo has dicho hasta ahora?

—Probablemente por la misma razón por la que tú tampoco lo has hecho: porque a los dos nos han hecho daño. Te conté lo que me ocurrió con mi jefe, Craig, cómo me utilizó. Eso hace que me resulte muy difícil volver a abrir mi corazón. Y comprendo que tú, por la relación de tus padres, debes tener un concepto bastante desafortunado del amor.

—Un concepto desafortunado… Es un modo interesante de describirlo.

—La cuestión es, Jack, por qué no me dijiste que me querías cuando me pediste anoche que me casara contigo.

—Después de pedírtelo no hablamos demasiado porque nos dejamos llevar —le recordó él. Le puso las manos en los hombros y, mirándola a los ojos, añadió—: Cariño, por supuesto que te quiero. Si no, no te habría pedido que te casaras conmigo —los ojos de Nikki se llenaron de lágrimas—. No, no llores, por favor… no cuando acabo de decirte que te quiero.

—Tengo algo que confesarte —murmuró Nikki—. Y me temo que cuando lo haga ya no me querrás.

Jack se puso tenso. Desde el día en que el detective McDonough se había presentado en su casa había tenido la sensación de que le ocultaba algo.

—Nikki, yo… —comenzó a decirle preocupado.

—¿Problemas en el paraíso? —los interrumpió la voz de Alan detrás de ellos.

Jack se volvió y Alan se acercó, fingiéndose preocupado.

—Te advertí que debías alejarte de él —le dijo a Nikki sacudiendo la cabeza.

–No me toques las narices, Alan –le dijo Jack irritado.

Su hermano lo ignoró y le tendió una mano a Nikki.

–No tienes por qué quedarte con este cavernícola; ven conmigo.

Nikki dio un paso atrás.

–Sería lo último que hiciera –le espetó.

Alan dejó caer la mano y sus mejillas se tiñeron de rubor por el desprecio de Nikki. Miró a su alrededor, y su azoramiento fue reemplazado por una expresión iracunda cuando vio la cantidad de curiosos que estaban mirándolos. Sin decir una palabra más se dio media vuelta y se alejó hacia la casa mientras la gente se dispersaba.

–Dios mío, no debería haber hecho eso… –se lamentó Nikki–. Se suponía que íbamos a intentar que ya no sospechábamos de él, y no he hecho más que empeorar las cosas –le dijo a Jack bajando la voz–. Pero es que no he podido evitarlo; cuando me tendió la mano solo podía pensar en que era la que empuñó el arma que mató a tu padre.

Jack suspiró.

–No te preocupes ahora por eso. De todos modos no iba a dejar que fueras a ningún sitio con él. Si no te hubieses negado a ir con él habría sido yo quien habría hecho algo, y te aseguro que habría sido más contundente. Además, lo más probable es que, hiciéramos lo que hiciéramos, no habríamos conseguido convencerle de que se habían disipado nuestras sospechas. Igual que durante nuestra infancia mis esfuerzos no lograron crear un vínculo fraternal entre nosotros.

–¿Ni siquiera que le salvaras la vida aquella vez?

–No; aquello solo empeoró las cosas; sobre todo porque el golpe de ese coche no me mató, que es lo que él habría querido.

Nikki contrajo el rostro.

–No digas eso.

–¿Te das cuentas de que si ese día no le hubiera salvado, mi padre seguiría con vida?

Nikki sacudió la cabeza.

–Te habrías sentido culpable el resto de tu vida si no hubieras intentado evitar que lo atropellaran –le dijo con vehemencia, poniendo los brazos en jarras–. Si te hubieras quedado mirando sin hacer nada y hubieras permitido que muriera no serías el hombre que eres. Tú serías incapaz de hacer algo así.

¿Se haría Nikki siquiera una pequeña idea de lo que significaba para él que lo defendiera de ese modo tan apasionado? Muy pocas de las personas que habían pasado por su vida lo habían comprendido como lo comprendía ella. Sabía que en parte la culpa era suya, porque no se abría a los demás y levantaba barreras invisibles en torno a él para que no pudieran hacerle daño, pero esa actitud suya había sido el resultado de las crueles burlas que había sufrido en el colegio por ser hijo ilegítimo. Esos años le habían dejado una marca indeleble.

Quería explicárselo a Nikki, explicarle por qué esas experiencias habían hecho que se ofendiese a la más mínima, como le había pasado al ver que no llevaba el anillo, pero los primeros acordes de música procedentes de la parte de atrás de la casa de Lily le recordaron que no había tiempo para eso.

–Vamos –le dijo a Nikki tomándola del codo–. Cuanto antes cumplamos con este compromiso antes podremos irnos.

Cuando llegaron al amplio jardín, donde se habían dispuesto el altar y las sillas para los invitados, se detuvieron a saludar a su madre, y se sentaron detrás de ella y de Alan, que estaba sentado con la espalda muy tiesa y se negó a mirarlos.

Cuando la pareja pronunció sus votos, que habían variado un poco ellos mismos para la ocasión, todo el mundo se emocionó y muchas personas soltaron alguna lagrimilla.

–Supongo que no podemos irnos ya, ¿no? –le dijo Jack a Nikki por lo bajo cuando la ceremonia hubo acabado.

–Por supuesto que no –replicó ella, lanzándole una mirada de reproche–. Es la boda de tu hermano.

Su madre se unió a ellos, y Jack vio a Alan alejándose.

–¿Te importaría que me quedara en tu casa esta noche? –le preguntó a Jack. Estaba pálida y tenía mala cara.

–¿Ha ocurrido algo?

Su madre se encogió de hombros.

–Alan está de mal humor, y creo que no nos vendría mal darnos un respiro el uno al otro. No tengo

140

que volver a trabajar hasta el lunes, así que he pensado que podríamos pasar unos días juntos –dijo, y sonriendo a Nikki añadió–. Los tres, quiero decir.

–Me encantaría –respondió Nikki, con una sonrisa sincera.

–Puedes quedarte todo el tiempo que quieras, mamá –le dijo Jack–. Nos iremos dentro de una hora o así. Te buscaremos cuando vayamos a marcharnos.

–Gracias. Bueno, en ese caso intentaré mostrarme un poco sociable –contestó su madre. Lanzó una mirada en dirección a los Kincaid y suspiró–. Aunque me apetezca tan poco como una patada en la espinilla.

Mientras Nikki y él socializaban también, de cuando en cuando Jack miraba discretamente su reloj de pulsera, contando los minutos que faltaban hasta que pudieran marcharse. Solo diez minutos más, pensó mirándolo de nuevo después de meterse un canapé en la boca. Podía aguantar otros diez minutos.

También estaba pendiente de Alan, que se había quitado la careta de tipo afable, y estaba asomando su carácter petulante. Y aquello no presagiaba nada bueno, porque la petulancia de Alan solía acabar en insolencia y posible consecuencias.

Jack se preguntó si debería o no acercarse a hablar con él para suavizar la situación antes de que las aguas se volvieran más turbulentas, pero Nikki le puso una mano en el brazo, sacándolo de sus pensamientos.

–Jack, mira…

Le señaló con la cabeza la mesa en la que estaban sentados Elizabeth y Cutter, charlando con las tres hijas de ella. Harold Parsons, el abogado de la familia, se acercó a ellos en ese momento. Se tomó su tiempo para saludar a cada uno de ellos. Jack se dio cuenta de que esa cortesía la reservaba para los Kincaid; nada que ver con la actitud impaciente e irascible que había tenido con él. Tras unos minutos de charla intrascendente se sacó de la chaqueta un sobre que a Jack le resultó familiar. Y no era extraño que le resultase familiar, porque era igual al que le había entregado a él en la lectura del testamento, con el logotipo del Grupo Kincaid en una esquina. Era como la carta que le había dejado su padre y que aún no había abierto.

–Se está disculpando –le siseó Nikki.

–Hijo de perra… La ha tenido todo este tiempo.

Elizabeth ladeó la cabeza y le dijo algo al abogado, como si estuviera preguntándole algo y Harold, por toda respuesta, señaló a Jack. Al instante las cuatro mujeres se giraron en sus asientos. Los rostros de las tres hermanas mostraban sorpresa, y el de su madre una inmensa gratitud. Elizabeth se excusó y entró en la casa, sin duda para poder leer la carta a solas.

Jack frunció el ceño.

–Me preguntó qué pondrá. Espero que sea algo agradable…

Elizabeth reapareció unos minutos después, y sus hijas la rodearon preocupadas, bombardeándola a preguntas. Elizabeth estuvo hablando con ellas un buen rato, y luego se disculpó antes de levantarse y dirigirse hacia donde estaban ellos.

Jack esperó nervioso y con el semblante serio, preparándose mentalmente para lo que Elizabeth le fuera a decir.

Para su sorpresa, lo que hizo fue darle un fuerte abrazo, y un beso en la mejilla.

–Gracias –le dijo con la voz rota por las lágrimas que sus ojos apenas podían contener.

Por encima de su hombro Jack vio que Alan se había quedado mirándolos anonadado al ver a Elizabeth Kincaid abrazarlo y besarlo. La incredulidad que se había dibujado en sus facciones, sin embargo, se tornó de inmediato en ira.

Se había mostrado muy complacido por cómo los Kincaid le habían dado a él la bienvenida a la familia, y le había restregado por las narices siempre que había podido que le habían dicho que siempre que quisiera podía unirse a ellos los domingos, cuando se reunían para cenar en la mansión Kincaid, como tenían por costumbre desde hacía años.

Y todavía lo había complacido más que los Kincaid lo hubiesen despreciado a él abiertamente, recordándoselo a cada ocasión. Por eso no le extrañó que lo enfureciera que se estuviese cerrando la brecha que los dividía.

–No sabes lo mucho que esto significa para mí –le dijo Elizabeth–. Que hayas sido tú quien insistiera en que tenía que haber una carta… –sacudió la cabeza–. Ay, Jack, yo creía que Reginald lo había he-

143

cho a propósito, no dejarme a mí también una carta. Pero no fue así, sino que aceptó la responsabilidad de todos sus actos. En su carta me dice lo mismo que me dijiste tú, que nunca pretendió hacerme daño, y que me quería de verdad.

–Me alegra haber podido ser de ayuda –fue lo único que acertó a decir Jack.

Elizabeth sonrió.

–Te pareces mucho a él, ¿sabes? Solo que tú tienes un sentido del honor y la integridad que a él a veces le faltaba –lo tomó de la mano y tiró de él diciendo–. Ven y siéntate con nosotros. Tienes que conocer un poco mejor a tus hermanas.

–Pero es que ellas no son… Es decir, yo preferiría que no…

Jack miró a Nikki, suplicándole que lo sacase de allí, pero en vez de eso ella le dio un par de palmadas en la espalda y le dijo:

–Es verdad, Jack, ya va siendo hora.

–Pues claro que sí; insisto –dijo Elizabeth soltándole la mano y haciendo un ademán para que la acompañara.

Jack, viendo que no tenía elección, la siguió, y agarró a Nikki del brazo para arrastrarla con él.

–No voy a apechugar con esto yo solo –le dijo.

Laurel, Kara y Lily se habían levantado para saludarlo. Vestidas como estaban con sus vestidos de damas de honor parecían un ramillete de bonitas flores. Aunque ya las conocía, Elizabeth se las presentó con toda la formalidad que requería la ocasión.

Lily, que estaba ya en la última etapa de su embarazo, le dio un abrazo que resultó un tanto torpe por su estado.

—Gracias, gracias, gracias —le dijo entusiasmada, asiéndolo por los brazos—. Todos estos meses hemos tenido encima un disgusto tremendo, creyendo que papá no le había dejado una carta también a nuestra madre. No puedo creer que a ninguno se nos ocurriera que simplemente podía haberse traspapelado.

Laurel lo miró con los ojos entornados y una sonrisa en los labios y le dijo:

—Nikki tenía razón desde el principio: eres de los buenos. Y no sabes cómo nos alegra eso.

—No es verdad —replicó él al instante, y se volvió hacia Nikki para reprenderla—. Tienes que dejar de decirle eso a la gente. ¿Por qué les mientes?

Las hermanas Kincaid se rieron, como si hubiera dicho algo gracioso, y Nikki sonrió.

—Porque eres un buen tipo.

Antes de que él pudiera volver a protestar, Lily intervino de nuevo.

—¡Estábamos tan preocupados con qué intenciones tendrías con respecto al Grupo Kincaid…! Es un alivio saber que podemos respirar tranquilos —dijo acariciándose la prominente barriga.

Jack iba a replicar para poner en claro las cosas, pero justo en ese momento Lily añadió:

—Esa clase de estrés no le viene bien al bebé.

Jack apretó los dientes y cambió ligeramente lo que iba a decir.

–Bueno, todavía no sabemos quién es el accionista que tiene en su poder el diez por ciento restante de las acciones –les advirtió–. Nada estará decidido hasta que no se celebre la junta de accionistas y todos votemos.

Laurel esbozó una sonrisa sincera que lo hizo sentirse incómodo.

–Es verdad. Claro que si votaras a favor de R. J., el voto del accionista misterioso sería irrelevante.

Jack maldijo para sus adentros bajo la inquietante atención de aquellos cinco pares de ojos femeninos. Los de Elizabeth lo miraban con dulzura, los de Laurel de un modo amistoso, Lily y Kara parecían encantadas, y Nikki, visiblemente aliviada. De hecho, a Nikki le brillaban los ojos, como si estuviese conteniéndose para no soltar unas lágrimas, y sus labios temblaban, aunque había en ellos una sonrisa.

¿Cómo diablos lo hacía?, se preguntó entre irritado y maravillado. ¿Cómo hacía para liarlo siempre y acabar recibiendo la gratitud de los Kincaid? En cualquier caso esa situación no duraría mucho; no cuando descubriera que no tenía la menor intención de poner su cuarenta y cinco por ciento de las acciones a favor de R. J. Entonces todas esas adorables sonrisas se desvanecerían y querrían despellejarlo. En fin, al menos las cosas volverían a la normalidad.

–Bueno, creo que ya va siendo hora de que Nikki y yo nos vayamos –dijo deslizando la mano por debajo del codo de ella.

Las mujeres de la familia Kincaid se despidieron

de ellos entre abrazos y buenos deseos, y Jack estaba a punto de explotar cuando por fin los dejaron ir. Casi llevaba a Nikki a la carrera, ansioso como estaba por salir de allí, y lógicamente ella protestó.

–Ve más despacio, ¿quieres? Y no te olvides de que tenemos que buscar a tu madre antes de irnos.

Jack se volvió hacia ella.

–No, no pienso ir más despacio, no hasta que estemos bien lejos de todos esos condenados Kincaid –le espetó él entre dientes sin soltarle el brazo. Cuando doblaron una esquina de la casa y se aseguró de que allí no los oiría nadie, le dijo–: Te advertí que no te entrometieras, Nikki. Te dije que no tenía ningún interés en establecer ningún tipo de relación familiar con ellos. ¿Pero me escuchaste? No.

Nikki se soltó y le contestó:

–Espera un momento, vaquero: lo que ha pasado hace un momento no ha tenido nada que ver conmigo. Eras tú quien sospechaba que tu padre tenía que haberle dejado también una carta a Elizabeth, fuiste tú quien llamó a Harold Parsons, y has sido tú quien no ha corregido a tus hermanas cuando han dado por hecho que ibas a votar por R. J. en la junta.

–Por última vez: no son mis hermanas.

–¿Sabes qué, Jack? Ya estoy harta de que no hagas más que negarlo. Te guste o no todos ellos son tus hermanos. Y la razón por la que no les has corregido hace un momento es porque no querías hacerles daño. Así que deja de echarme a mí la tierra encima y pregúntate por qué estás haciendo lo que estás haciendo. Hasta entonces me voy a casa. Sola —dijo clavándole el dedo en el pecho para subrayar sus palabras.

Y dicho eso, se giró sobre los talones y se alejó. Jack se quedó allí plantado, demasiado aturdido como para moverse. ¿Qué había querido decir con eso de por qué estaba haciendo lo que estaba haciendo? Siempre había sido muy claro con ella respecto a lo que sentía por sus hermanos. ¡Diablos, no eran sus hermanos! Bajó la cabeza y maldijo entre dientes. ¿Cuándo y por qué había empezado a pensar en ellos como sus hermanos? ¿Por qué? Porque en algún punto había empezado a sentir que lo eran. Bueno, tal vez no R. J., pero los otros…

Jack sabía lo peligroso que era que se abriese de esa manera. Era un bastardo, y nada cambiaría eso. Si los Kincaid lo consideraban de la familia era solo porque lleva en sus venas la sangre de su padre, pero no porque sintiesen afecto por él, ni porque lo respetasen; simplemente porque les había tocado en suerte un hermano bastardo.

Sin embargo, no pudo evitar recordar la sonrisa amigable de Matt, y cómo lo había saludado al llegar a la casa de Lily, con una palmada en la espalda y un abrazo. Claro que, en el estado de euforia en que se encontraba porque iba a casarse, lo más probable era que hubiese hecho lo mismo con un babuino con mal aliento y lleno de pulgas.

Elizabeth también lo había tratado de un modo muy efusivo cuando el abogado le había dado la carta, pero era comprensible teniendo en cuenta el estado emocional en el que se encontraba después de leerla; igual que sus hijas.

Pero no podía negar que era agradable. Demasiado bonito para ser cierto. Irritado, Jack se pasó las manos por el cabello. ¿Cómo podía haber pasado aquello? De algún modo se había abierto una puerta, y no tenía ni idea de cómo volver a cerrarla. Claro que seguramente se volvería a cerrar de un portazo cuando celebrasen la junta anual. Ahí se vería dónde quedaría su amabilidad. Y eso lo llevó al siguiente problema.

Se quedó mirando en la dirección en la que se había ido Nikki. Se negaba a dejarla ir. No hasta que hubiese aclarado unas cuantas cosas importantes con ella, como la conversación que habían dejado a medias cuando los había interrumpido Alan. También pensaba exigirle que le dijera de una vez lo que le estaba ocultando, y que le explicase de una vez por todas por qué razón estaba tan empeñada en que se reconciliase con los Kincaid. Y por supuesto le pediría perdón por haberse comportado como un imbécil.

Cuando llegó a la calle no la vio, pero sabía por dónde debía haberse ido, porque la casa de Nikki no estaba lejos de allí, así que echó a correr en esa dirección, y al girar en la siguiente esquina la vio a unos diez metros, mirando antes de cruzar la calle.

Oyó aquel chirrido de neumáticos justo en el mismo instante que Nikki, que ya estaba cruzando, y giró la cabeza sobresaltada.

Jack salió corriendo hacia ella, que parecía para-

149

lizada, y llegó justo segundos antes que el coche. La agarró por la cintura y tiró de ella hacia atrás con tal fuerza que los dos cayeron al asfalto. Jack la hizo rodar con él hasta la acera, y el coche que se había precipitado a toda velocidad hacia ella derrapó en la esquina y desapareció por la avenida principal.

Jack soltó a Nikki y se incorporó, quedándose arrodillado junto a ella.

—Cariño, ¿estás herida?

Nikki se incorporó también y se llevó una mano a la cabeza, aturdida.

—Cre-creo que sí –balbució–. Solo tengo magulladuras por la caída, y supongo que me saldrá algún moretón, pero estoy bien.

Él suspiró aliviado.

—Gracias a Dios.

—¡Oh, Jack! –murmuró Nikki echándole los brazos alrededor del cuello para abrazarlo con fuerza–. ¡Qué miedo he pasado! –musitó temblorosa, y se echó a llorar.

—Shh… Tranquila; ya ha pasado –la calmó él acariciándole la espalda.

—Venía hacia mí –dijo Nikki entre sollozos–. Casi me atropella. Si no hubieras llegado a tiempo…

—¿Quién era, Nikki? ¿Has podido ver al conductor?

Nikki se echó hacia atrás para poder mirarlo. Tenía un arañazo en la mejilla.

—Era… era Alan, Jack. Alan ha intentado matarme a mí también.

Capítulo Nueve

Para cuando Jack y Nikki regresaron de la comisaría de policía, ella apenas tenía fuerzas cuando se bajaron del coche al llegar a casa de Jack.

A los dolores que tenía en todo el cuerpo se le había añadido el cansancio mental y emocional por las interminables preguntas que le había hecho Charles. Lo único que quería era meterse en la cama y dormir. Con solo echarle un vistazo a Jack supo que él se sentía igual.

–¿Qué crees que ocurrirá con tu madre? –le preguntó preocupada mientras entraban en la casa.

–McDonough ha dicho que no presentarán cargos contra ella por mentir para encubrir a Alan… si testifica en su contra –contestó Jack, cerrando la puerta tras de sí.

Nikki podía leer el dolor en su rostro y por desgracia sabía que no había nada que ella pudiera hacer para mitigarlo. La crudeza de los hechos no podía suavizarse de ningún modo: su hermano había matado a su padre, y su madre había mentido para protegerlo porque creía que era inocente.

Charles había revisado el vídeo del aparcamiento con ellos y habían visto que, en efecto, el Aston Martin que se veía en él no tenía una abolladura en la puerta lateral, lo cual demostraba que no era el de Jack.

Aún más determinantes habían sido el sombrero y la gabardina del hombre del vídeo. Angela, que los había acompañado a comisaría, se había echado a llorar al verlo porque ella le había regalado a Alan ese sombrero y esa gabardina.

Finalmente había confesado también que no sabía a qué hora había regresado Alan esa noche a casa porque se había quedado dormida leyendo en el sofá. Al despertarse lo había encontrado sentado en el sillón junto a la chimenea, y él le había dicho que había vuelto hacía horas, y ella no había tenido motivo para cuestionarlo hasta entonces.

Charles había dado orden de arrestar a Alan y Nikki estaba segura de que cuando revisaran los últimos movimientos de su cuenta y su tarjeta de crédito encontraría las evidencias necesarias para demostrar que había alquilado un coche del mismo modelo y color que el de Jack.

—Pero me habría quedado más tranquilo si mi madre se hubiera venido a casa con nosotros —añadió Jack.

—Sé que la expresión «detención preventiva» no suena muy bien, pero estará más segura en comisaría hasta que detengan a Alan —dijo Nikki—. No quiero ni pensar qué podría hacer Alan si supiera que ha confesado que mintió.

—Lo sé —Jack la empujó suavemente hacia las escaleras que conducían al piso de arriba—. Vamos; necesitamos descansar un poco.

Ya en el dormitorio se desvistieron, y Nikki quería meterse directamente en la cama, pero Jack la alzó en volandas y la llevó al cuarto de baño.

—Antes nos daremos una ducha —le dijo dejándola en el suelo para empujar las puertas de la mampara. Entraron los dos, y Jack accionó el mando del grifo—. El agua caliente nos vendrá bien para distender los músculos y relajarnos.

Nikki gimió de alivio cuando comenzó a notar el efecto de los chorros de la ducha de hidromasaje en su cuerpo desnudo.

—Apoya las manos en la pared —le dijo Jack—. Yo me ocuparé del resto.

Nikki se dejó hacer, y Jack enjabonó amorosamente cada centímetro de su cuerpo antes de masajear sus tensos músculos. Cuando hubo terminado la atrajo hacia sí y la besó de un modo muy dulce.

Entre beso y beso Jack buscó a tientas el llave del grifo y lo cerró. Luego abrió las puertas de la ducha, tomó una toalla de una balda. Los secó a ambos, la tomó de la mano y la llevó a la cama.

—¿Crees que encontrarán a Alan? —le preguntó Nikki cuando estuvieron bajo las sábanas, abrazados el uno al otro.

—Seguro que sí. Dudo que haya vuelto a Greenville. Sobre todo cuando se diera cuenta de las implicaciones que podía tener que intentara atropellarte. Y como además falló, se imaginará que hemos ido a la policía a denunciarlo. No puede sacar mucho dinero del banco porque es fin de semana, y para el lunes a primera hora estoy seguro de que

McDonough habrá congelado los fondos de su cuenta.

Luego se quedó callado, muy serio, y al cabo fue Nikki quien rompió el silencio.

–Nada de todo esto es culpa tuya –le dijo poniéndole una mano en la mejilla–. Ni de tu madre. Tu padre trató a Alan igual que a ti y a sus otros hijos. Nadie podría haber imaginado que la envidia llegaría a hacerle albergar tanto odio.

–Lo sé, pero quizá si…

Nikki le cubrió los labios con las yemas de los dedos.

–No sigas por ahí, Jack. Los quizá y los tal vez si no pueden cambiar la cosas, y solo te harán sentirte peor. No sirve de nada pensar en lo que habría podido ser.

Jack suspiró.

–Pero si hubiera sabido lo enfermo que estaba habría podido detenerlo.

–Pero ni tu madre ni tu padre ni tú os disteis cuenta porque Alan siempre llevaba una careta en vez de mostrarse como era. Todo el mundo creía que era encantador; le caía bien a la gente. Incluso a mí me pasó lo mismo al principio –dijo encogiéndose de hombros–. Tiene la habilidad de ocultar esa oscuridad que lleva dentro.

Jack contrajo el rostro.

–Pero yo sabía que estaba ahí.

–¿Acaso pensaste alguna vez que podría llegar a hacerle daño a tu padre?

–No, claro que no –Jack suspiró de nuevo y la

abrazó mientras intentaba aceptar la verdad. Igual que su madre no había querido creer que su hermano era capaz de algo así–. Si no, nunca habría dejado a mi madre a solas en esa casa con él.

Nikki lo abrazó con fuerza.

–Y habrías advertido a tu padre.

Jack se echó hacia atrás y la miró a los ojos.

–¿Cómo lo haces? –le preguntó con voz ronca–. ¿Cómo consigues siempre hacerme ver las cosas de otro modo?

Nikki le sonrió.

–Simplemente enfoco el problema desde un ángulo ligeramente distinto; el resto lo haces tú.

–¿Como con… mis hermanos?

Era la primera vez que Nikki le oía llamarlos así por voluntad propia.

–Sí, Jack. Porque los conozco desde hace tiempo y sé que son buena gente.

–La mayoría de ellos sí –respondió él frunciendo el ceño–, pero con R. J. todavía no lo tengo tan claro.

Nikki se rio suavemente.

–Si solo tienes dudas de R. J. yo diría que casi he cumplido con mi misión.

–Bueno, eso será cuando hayas descubierto al accionista misterioso –apuntó él.

Nikki se acurrucó contra su pecho. No quería hablar de eso; no cuando apenas podía mantener los ojos abiertos. Estaba tan cansada que no podía ni pensar con claridad.

–Jack…

Antes de que pudiera decir nada más Jack la besó. Fue un beso apasionado, pero atemperado con ternura. Y aunque Nikki habría querido más, se sentía demasiado cansada, y pronto se quedó dormida.

A la mañana siguiente un nuevo beso la despertó, un beso que, al revés que la noche anterior, era tierno, y respondió a él con fruición, dejándose llevar y entregándose por completo.

Una cosa llevó a otra, entre nuevos besos y caricias, y el deseo de ambos fue aumentando hasta que Jack no pudo esperar más y la penetró. Nikki aspiró extasiada. No podía imaginar un modo mejor de comenzar el día, y comenzó a mover las caderas siguiendo el ritmo que marcaba Jack.

Solo le quedaban unos días para hacerle cambiar de opinión respecto a su intención de hacerse con el control del Grupo Kincaid, de vengarse de sus hermanos, que no le habían hecho ningún daño. ¿Cómo podría hacerle ver aquel problema desde un ángulo distinto? No podía, se contestó a sí misma. Nada convencería a Jack de que dejase el timón de la compañía a R. J.

Apartó esos pensamientos a un lado, y sus temores y el dolor que sentía en su corazón hicieron que sus besos se volvieran casi desesperados. Jack, entretanto, seguía llevándola más y más alto con cada caricia. Nikki se sentía ardiendo, como si la pasión fuera tan intensa que su cuerpo no hubiera podido contenerla y hubiera estallado en llamas.

Se lanzó a ese fuego y dejó que la consumiera por completo. Tanto placer era imposible, pensó, sintiendo que estaban llegando al límite. Juntos alcanzaron la cima, y el tiempo se detuvo un instante antes de que el orgasmo los sacudiera a ambos. Jack se estremeció en sus brazos y se derrumbó sobre ella.

—Cincuenta años más... —murmuró.

Nikki parpadeó confundida.

—¿Qué?

—Quiero cincuenta años más de esto. O sesenta, quizá.

Nikki se rio, aunque su corazón estaba resquebrajándose porque sabía que eso no pasaría cuando Jack supiera que era ella quien tenía esas acciones y que no iba a votar por él.

—Bueno, veremos qué se puede hacer.

—¿Qué te apetece ahora? Como tenemos sesenta años por delante seré generoso y te dejaré escoger.

—Desayunar, por favor; me muero de hambre.

Desayunaron en el patio, en albornoz, disfrutando de la brisa del océano, y Nikki mantuvo deliberadamente un tono casual durante la conversación. El día anterior había sido demasiado horrible, y solo quería relajarse y fingir que en el futuro habría muchas mañanas de domingo como aquella, aun cuando sabía que no sería así, y que ese momento de paz no podía durar. Y así fue.

Jack tomó un trago de café, mirándola por encima del borde de la taza.

—Ha llegado la hora de la verdad, Nikki —le dijo.

Ella, que estaba llevándose la taza a los labios, la

dejó en el aire, a medio camino, y la devolvió cuidadosamente al platillo. Los latidos de su corazón se dispararon. ¿Acaso lo sabía? ¿O sería que sospechaba algo?

–¿El momento de la verdad? –repitió.

–Ayer no te pusiste el anillo para ir a la boda. ¿Por qué? ¿Te daba vergüenza admitir ante todos tus amigos de la alta sociedad que habías accedido a casarte conmigo? ¿Te daba vergüenza admitirlo delante de los Kincaid?

Nikki se inclinó hacia delante y tomó su mano entre las de ella.

–¡No! –replicó con firmeza–. No tiene nada que ver con eso. Esas cosas me dan absolutamente igual. No es así como me criaron.

–Pero sería comprensible teniendo en cuenta que tu madre es una Beaulyn –apuntó Jack–. La *créme* de la *créme* de alta sociedad de Charleston.

–Es cierto que mi madre habría elegido para mí a un hombre de su entorno, pero se enamoró de mi padre, que era un policía, y se casó con él.

–¿Entonces por qué no te pusiste ayer mi anillo?

Nikki cerró los ojos. Había llegado el momento. Había creído que tendría aún unos días antes de admitir la verdad, pero no era así. El tiempo se le escapaba entre los dedos como granos de arena. Soltó la mano de Jack y se echó hacia atrás.

–Porque no quería acceder a un compromiso que acabará antes de haber empezado.

Jack echó su silla hacia atrás y se puso de pie.

–¿Qué diablos significa eso? ¿Qué está pasando?

–Sé a quién le pertenece el diez por ciento de las acciones del Grupo Kincaid.

Jack entornó los ojos.

–¿Y ya le has dado esa información a R. J.?

Nikki sacudió la cabeza.

–No, aún no lo sabe.

Jack se quedó callado un instante.

–Entonces, ¿qué tiene que ver eso con nuestro compromiso? A menos que... –se quedó callado de nuevo, y abrió mucho los ojos al comprender–. ¡Maldita sea! Eres tú, ¿no es así?

–Sí –admitió ella–. Soy yo quien posee ese diez por ciento.

–Llevamos juntos cuatro meses... ¿y me has ocultado eso todo este tiempo?

Nikki contrajo el rostro ante la indignación que rezumaban sus palabras.

–Supongo que imaginarás por qué.

–Ah, no, ya está bien de jugar a las adivinanzas, cariño –le espetó Jack en un tono gélido–. Solo puede haber una razón–: que no te fías de mí.

–No es una cuestión de confianza –replicó ella.

Jack cortó el aire con un movimiento brusco de la mano.

–¡Mentira! Has tenido todo el tiempo del mundo para contármelo, y si confiaras en mí, lo habrías hecho.

–No es que no confiara en ti –insistió ella angustiada–. Pero temía qué harías cuando lo supieras.

–Crees que habría intentado presionarte para que votaras a mi favor o me las vendieras.

—Algo así —admitió ella.

Jack se puso a caminar por el patio, como si estuviera dándole vueltas a algo, antes de detenerse y volverse hacia ella.

—Muy bien, empecemos de nuevo: ¿por qué tienes esas acciones?

—Mi abuelo, Todd Beaulyn, convenció a tu padre de que se expandiera al negocio inmobiliario, pero para eso necesitaba un préstamo.

Jack dedujo el resto.

—Y supongo que tu abuelo le hizo ese préstamo a cambio de un diez por ciento de las acciones del Grupo Kincaid.

—Sí.

—Y me imagino que tú las heredaste de tu abuelo, junto con la casa en la que vives en Rainbow Road.

Nikki asintió.

—Era su única nieta, y mi madre no estaba interesada ni en la casa ni en las acciones. Y es la otra razón por la que tu padre me contrató después de lo que me pasó con Craig. Quería que conociera desde dentro el funcionamiento de la compañía para poder tomar decisiones inteligentes cuando tuviera que votar en las juntas de accionistas. Claro que mientras vivía él tenía el noventa por ciento de las acciones, así que hasta ahora no ha habido necesidad de que ejerza mi derecho al voto.

—¿Y cómo es posible que R. J. no sepa que te pertenecen a ti?

—Vuestro padre no le dijo a nadie que había vendido una parte de la compañía para expandirse al mercado inmobiliario –le explicó Nikki–. Como parte del contrato mi abuelo acordó con él que la venta se mantendría en secreto.

–Sin duda no querría críticas del resto de la familia.

Nikki se encogió de hombros.

–Puede ser. El caso es que cuando heredé las acciones a la muerte de mi abuelo tu padre me pidió que siguiera manteniéndolo en secreto, y por supuesto le di mi palabra de que lo haría.

Jack se cruzó de brazos.

–De modo que durante todo el tiempo que hemos estado juntos has estado trabajando para el Grupo Kincaid sin molestarte en mencionarlo siquiera. También eres la propietaria de un diez por ciento de las acciones de la compañía, cosa que tampoco me habías dicho. A pesar incluso de que sabías que yo necesitaba esa información antes de la junta de accionistas. En otras palabras: toda nuestra relación está cimentada sobre mentiras.

Nikki se sentía exhausta.

–No te dije que trabajaba para el Grupo Kincaid ni lo de las acciones precisamente porque quería tener una relación contigo. Porque sabía que probablemente, una vez lo supieras, pondrías punto final a lo nuestro. Y tú sabes por qué, Jack. Esas acciones se habrían interpuesto entre nosotros porque son la llave para que puedas conseguir tu objetivo de destruir a los Kincaid.

–Si lo nuestro se acaba será porque has estado

ocultándome secretos cuando aseguras que me quieres; no por la empresa para la que trabajas ni porque esas acciones estén en tu poder.

Nikki se puso de pie.

—No es que lo asegure, Jack, es que es la verdad: te quiero. ¿Qué beneficio podría sacar yo de nuestra relación? Solo quiero tu amor. Pero desde el principio dejaste muy claro que odiabas a los Kincaid, y que tu intención era hacerlos caer. Si te lo hubiera contado, ¿qué habrías hecho?

—Exactamente lo que voy a hacer ahora: ofrecerme a comprar tus acciones, o pedirte que me des tu voto, que es exactamente lo mismo que hará R. J.

—R. J. quiere las acciones para preservar la compañía. Tú solo las quieres para destruirla.

—Ya te he dicho que no es esa mi intención.

—No, es verdad, solo quieres destruir a los Kincaid.

Nikki lo vio vacilar y decidió cambiar de tema para intentar pillarlo desprevenido y conseguir que viera la situación desde otro ángulo.

—¿Por qué compraste esta casa, Jack? ¿Y la plantación que tienes en Greenville?

Jack sacudió la cabeza.

—¿A qué diablos viene eso ahora?

—Y entre las dos casas, ¿cuántas habitaciones hay en total? ¿Diez?, ¿veinte?, ¿treinta?

—Nunca me he molestado en contarlas.

—¿Y cuántas hectáreas tienes entre la plantación y esta propiedad?

Jack se pasó irritado una mano por el cabello.

–¿Dónde quieres ir a parar, Nikki?

–A que tienes dos casas Jack, y dos casas grandes con un montón de habitaciones, que fueron hechas para que viviera en ellas una familia numerosa –le dijo–. Pero solo estás tú. Bueno, aparte de tu madre y de Alan –se sintió obligada a añadir.

–Mi madre y Alan nunca han vivido conmigo.

–Exacto. Porque tu madre y Alan tienen su propio hogar. ¿Por qué no te compraste un apartamento de dos habitaciones?, ¿por qué una casa, Jack?

–Las casas además de sitios donde vivir son inversiones.

Nikki suspiró.

–Me parece que en tu interior sabes que no es por eso por lo que las compraste. Creo que tu subconsciente quiere llenarlas con una familia, quizá porque la tuya era una familia rota. Podrías tener eso. Podrías tener con los Kincaid la familia que nunca tuviste.

–No quiero tener nada que ver con ellos.

–Mientes. Necesitas sentir que formas parte de una familia, sentirte aceptado. Y lo único que tienes que hacer es abrirles la puerta.

–¿Has acabado? Porque me gustaría que habláramos de esas acciones.

–No, no he acabado, pero ya que tanto interés tienes en hablar de las acciones, hablemos de ello. ¿De verdad piensas hacerte con la compañía que con tanto esfuerzo construyó tu padre simplemente para vengarte, echando a tus hermanos a la calle? ¿Te quedarás satisfecho con eso?

–¡Sí! –le espetó él con aspereza–. Eso me daría una gran satisfacción.

–Porque ganarías. Porque piensas que tu padre debería haberte reconocido. Porque quieres demostrar que eres mejor que Matthew, que R. J., que Laurel, que Kara y que Lily. Y cuando lo hayas demostrado, ¿qué? ¿Qué es lo que tendrás, Jack?

–El Grupo Kincaid.

–No, un cascarón vacío es lo que tendrás. Un cascarón sin corazón y sin alma porque se los habrás arrancado. Un negocio no es más que eso, un negocio, ¿es que no lo ves? –le dijo Nikki desesperada por que comprendiera–. Son las personas que lo construyen, que le dan forma, quienes hacen que un negocio sea algo grande.

–¿Estás diciendo que yo no puedo darme un alma y un corazón?

–Lo que estoy diciendo es que si dejas fuera del negocio a tu familia también estarás dejando fuera una parte de ti. Puede que al principio no te des cuenta porque estarás demasiado ocupado celebrando lo que crees que será una victoria, pero con el tiempo te darás cuenta de que el negocio se ha convertido en algo frío, solitario... porque no es más que eso, un negocio. Te darás cuenta de que habrás destruido algo que es irremplazable.

–¿Su alma y su corazón? –inquirió él con aspereza.

Nikki asintió.

–Y en algún momento te darás cuenta de que lo que habrás ganado no te dará ninguna satisfacción.

–Podré vivir con ello.

Nikki retrocedió.

–Pero yo no.

Jack dio un paso hacia ella.

–¿Qué tendría que hacer para convencerte de que me des tu voto?

Nikki sentía deseos de llorar, pero en vez de eso alzó la barbilla y le contestó:

–Nada. No conseguirás convencerme de que lo haga.

–Entonces, ¿vas a darle tu voto a R. J.?

–Es lo que quería tu padre; es lo que me dijo que pensaba hacer: dejarle en manos de R. J. la compañía. Se lo debo; tengo que respetar lo que era su deseo.

Nikki vio en los ojos de Jack el profundo dolor que le causaba el que su padre, una vez más, hubiese antepuesto a uno de sus hijos legítimos a su hijo bastardo.

–Jack, esto no tiene por qué ser así.

–Me temo que sí.

La desesperación llevó a Nikki a jugar su última carta.

–Todavía tenemos pendiente ese deseo que te comprometiste a concederme el día que te gané en la subasta de solteros.

Jack sacudió la cabeza.

–Eso no te va a funcionar, Nikki.

Quizá sí, pensó ella. Quizá hubiera una persona que pudiera hacerle cambiar de opinión. Era correr un riesgo, un riesgo tremendo que la obligaría a romper la palabra que le había dado a Reginald de respetar sus deseos. ¿Lo comprendería? ¿Apoyaría su decisión? Cerró los ojos rogando por que estuviera haciendo lo correcto. Inspiró profundamente, abrió los ojos, y le dijo:

—Te daré mi voto con una condición.

Jack se quedó callado un momento antes de contestar.

—Tú dirás.

—Que leas la carta que te dejó tu padre, y que lo hagas en voz alta en la junta de accionista.

Jack frunció los labios.

—La leeré, pero no en la junta; ni en voz alta.

—Es mi deseo, Jack. Me prometiste que me concederías un deseo y te lo estoy pidiendo –insistió ella–. A menos que seas de esos hombres que no cumplen sus promesas.

Jack maldijo entre dientes.

—No puedo creer que me estés pidiendo eso. Sea lo que sea lo que dice esa carta, es personal, y desde luego no es algo que piense compartir con los Kincaid.

—Lo siento, Jack –dijo Nikki. No se le ocurría otra manera de cerrar la brecha abierta entre los Kincaid y él. Solo esperaba que el contenido de la carta ayudara a completar la reconciliación entre las dos partes–. ¿Aceptas?

Jack apretó la mandíbula.

—Acepto –respondió.

Por su postura tensa, y la frustración y la furia que había en sus ojos Nikki supo que resentía verse forzado a claudicar. Estaba segura de que pagaría por ello, aunque eso ya se lo había esperado, y sabía que sus esperanzas de ser feliz el resto de sus días junto a él se desvanecerían, convirtiéndose en un lejano recuerdo de un dulce sueño imposible.

Jack dio otro paso hacia ella.

—¿Entonces qué? —le dijo—. ¿Sellamos este acuerdo como hicimos después de la subasta?

No le dio tiempo a reaccionar, sino que la agarró por las solapas del albornoz y la atrajo hacia sí para besarla. Fue un beso apasionado pero teñido por la ira, un beso que le transmitió el dolor que lo desgarraba y el deseo que sentía por ella. Parecía un hombre empujado al límite que estuviera descargando toda su rabia, pero al mismo tiempo se adivinaba esa ternura que mostraba siempre cuando hacían el amor. Se entregó al beso sin vacilar, dándolo todo, demostrándole su amor de la única forma que le quedaba.

Jack le desanudó el albornoz y lo abrió para recorrer su cuerpo desnudo con ambas manos, como si quisiera grabarlo en su memoria, como si le estuviese diciendo adiós. Los ojos de Nikki se llenaron de lágrimas, y le rodeó el cuello con los brazos, saboreando esos últimos momentos con él. Cuando él la soltó y retrocedió, supo que todo había terminado.

—Creo que deberíamos hablar de cómo van a ser las cosas a partir de ahora —le dijo Jack a Nikki.

Y sin embargo, ni él mismo tenía idea de cómo

se suponía que iban a ser. Le dio la espalda y se quedó mirando el océano. No podía creer que las cosas fueran a acabar así. Había confiado en ella, se había abierto a ella como jamás lo había hecho con otra mujer. Le había entregado su corazón y ella lo había traicionado.

No sabía qué hacer. ¿Ponía fin a lo suyo? ¿Debería considerarse afortunado de que Nikki no hubiese aceptado realmente el anillo de compromiso que le había ofrecido? Todo su ser rechazaba ese pensamiento. No quería que lo suyo terminase.

Renegociarían su relación, se dijo. Empezarían de cero y esa vez establecería unos parámetros claros y bien definidos. Y lo primero: las cartas sobre la mesa. Nada de mentiras, nada de secretos. Y por supuesto irían poco a poco.

Quizá ese hubiese sido el problema inicial. Desde el momento en que se habían conocido, desde la primera vez que se habían besado había estallado la pasión entre ellos. Ninguno de los dos había sido capaz de pensar con claridad porque no podían controlar el deseo que sentían.

Por eso a partir de ese momento antepondría la racionalidad al sexo. Trataría su relación igual que manejaba los negocios: con pasos lógicos que conducían a un fin concreto.

–Muy bien, esto es lo que he decidido –anunció–: Seguiremos viéndonos, pero con unas reglas.

Se quedó callado, esperando que protestara, pero ella no dijo nada, y cuando se volvió con su nombre en los labios… descubrió que se había ido.

Capítulo Diez

Los cinco días siguientes se le hicieron interminables a Nikki. Una tras otro fueron pasando, y el día de la junta anual estaba cada vez más cerca. Era como si todo pendiera de un hilo muy fino al borde de un precipicio sin fondo.

La policía aún no había encontrado a Alan. Jack no la había llamado. Y ella no podía dejar de preocuparse por el acuerdo al que había llegado con él. No sabía si había sido una decisión inteligente, o lo más estúpido que había hecho en toda su vida. También se preguntaba si la carta de Reginald ayudaría a suavizar las cosas, o si por el contrario las empeoraría.

Y entretanto echaba terriblemente de menos a Jack. Pero era mejor que se fuese acostumbrando a no tenerlo a su lado, se dijo, porque era más que improbable que volviesen a estar juntos nunca, y más después de la junta. No solo contaba con el desprecio de Jack, sino que además, una vez que votase a su favor en la junta, seguramente los Kincaid también la odiarían.

Cerró los ojos, luchando por contener las lágrimas. Sin Jack notaba la cama fría y vacía. Muchas noches no podía dormir porque se sentía culpable, y eso no había hecho sino aumentar su agotamiento.

Echaba de menos hablar con él, echaba de menos cuando se reían juntos, echaba de menos acurrucarse junto a él en el sofá mientras veían la tele o leían. Echaba de menos esas veces en que habían empezado a besarse y habían acabado olvidándose de su lectura y de la televisión para hacer el amor.

¡Había tantas pequeñas cosas que no había valorado en esos cuatro meses! Como cuando dormían abrazados, o cuando la despertaba por la mañana con un beso. Y sus desayunos en el patio o en la mesa de la cocina. Echaba de menos esas llamadas de él durante el día, cuando estaba en el trabajo, y por supuesto cuando acababa la jornada y ella iba a su casa o él a la suya.

Cerró los ojos y dejó que las lágrimas le rodaran por las mejillas. Últimamente no hacía más que llorar, aunque seguramente en parte se debía también a las hormonas.

Había perdido a Jack, y no sabía cómo iba a llenar el vacío que había dejado en su vida.

Jack había perdido a Nikki, y no sabía cómo iba a llenar el vacío que había dejado en su vida.

De algún modo se había convertido en una parte esencial de ella, llenando los huecos con su risa y su generosidad. Con su amor desbordante. Desde el primer día lo había aceptado como ninguna otra persona había hecho, demostrándoselo al ofrecer por él una suma exorbitante de dinero en la subasta por una simple cita con él. Bueno, por eso, y por un deseo.

No se trataba solo de la pasión que compartían. No, lo que lo atraía de ella era algo más profundo. Se había enamorado de Nikki en esencia. No solo lo trataba a él con amabilidad; trataba del mismo modo a todo el mundo, sin artificios, sin fingir, sino dejándose llevar por esa espontaneidad tan genuina intrínseca a su carácter.

Fue hasta la cómoda y tomó la carta de su padre junto con el anillo, que Nikki le había dejado allí encima. En esos cinco meses se había resistido a abrir esa carta, quizá porque su instinto le decía que seguramente el contenido tendría una tremenda carga emocional.

El sobre tenía una mancha circular, de un día que le había colocado encima descuidadamente una taza de café. En aquella ocasión le había parecido que la mancha no podía ser más apropiada: una mancha oscura que reflejaba las circunstancias de su nacimiento, un círculo que conectaba a todos los Kincaid con esa oscuridad que lo acompañaba siempre.

Arrojó el sobre encima de la cama y frunció el ceño. La verdad era que esa oscuridad en parte se había difuminado un poco en las últimas semanas, se había hecho más llevadera a medida que iba conociendo a los Kincaid. Y era gracias a Nikki, que había hecho que se produjera un cambio en muchos aspectos de su vida. Lo había empujado a salir de esa oscuridad y salir a la luz, obligándole a ver la verdad sobre sí mismo.

Era cierto que todos esos años había creído que estaba aislado en sí mismo, cerrándose al mundo, y era posible que eso hubiese alterado su percepción. Quizá al abrirlas, como había hecho ella, pudiera finalmente ver con claridad. ¿Sería posible que esas barreras que había construido a su alrededor, como le había dicho Nikki, impidieran a los demás llegar hasta él?

Se frotó la cara con las manos. Diablos… Sí, aunque no le agradaba la idea, era muy posible que así fuera. Le había prometido a Nikki que leería la carta de su padre en la junta, y cumpliría esa promesa, pero no había dicho nada de que no fuera a leerla antes.

Tomada la decisión, se inclinó hacia la carta y rompió el sello que la cerraba. Y lo que leyó en ella puso patas arriba todo su mundo.

Jack llegaba tarde. Sentada en la mesa de la sala de juntas, Nikki miró impaciente su reloj de pulsera. Los Kincaid ya estaban allí. Laurel, sentada junto a Matt, le hacía un comentario de cuando en cuando al oído.

Lily y Kara charlaban en voz baja, y R. J. estaba mirándola. Presentía que sospechaba algo por su presencia allí. Frente a ella solo había una carpeta opaca de plástico que contenía un documento firmado por el cual le cedía su voto a Jack.

Justo cuando R. J. iba a abrir la boca para preguntarle algo entró Jack en la sala. R. J. se levantó, pero Jack le pidió con un ademán que volviera a sentarse antes de extender la mano hacia Nikki.

Ella sintió que se le secaba de repente la garganta, y rogando por que no le temblase la mano, le pasó la carpeta.

Jack no se sentó, sino que abrió la carpeta, sacó el documento, lo comprobó brevemente, y tomó las riendas de la reunión.

–Este poder me otorga un derecho de voto correspondiente al cincuenta y cinco por ciento de las acciones necesario para convertirme en el presidente y director del Grupo Kincaid –anunció–. Podemos votar, pero no cambiará el hecho de que ahora soy yo quien está al mando.

–¡Qué diablos…! –exclamó R. J., levantándose de su asiento como un resorte–. ¿De quién es el diez por ciento que has sumado a tus acciones, y cómo has conseguido ese poder?

Nikki se armó de valor para mirar a R. J. a los ojos.

–Esas acciones son mías; las heredé de mi abuelo, Todd Beaulyn. Vuestro padre se las vendió a cambio de un préstamo para expandir el negocio al mercado inmobiliario. Le he firmado ese poder a Jack esta mañana.

Todo el mundo empezó a hablar a la vez. Jack esperó a que los murmullos cesasen antes de volver a hablar.

–Podéis objetar todo lo que queráis –les dijo–,

pero ya está hecho. Vamos con el siguiente punto de la reunión... –se sacó unos papeles del bolsillo interior de la chaqueta, y miró a Nikki–. Esta es la carta que me dejó mi... nuestro padre, y a continuación procederé a leérosla.

–¿Qué diablos nos importa lo que te tuviera que decir? –lo cortó R. J.

–Quizá sea importante –le dijo Matt, agarrándolo por el brazo para hacer que volviera a sentarse–. Además, yo quiero saber qué le escribió papá.

Maldiciendo entre dientes R. J. claudicó.

Jack desdobló los papeles y comenzó a leer:

Querido Jack,
en muchos aspectos esta es la más difícil de todas las cartas que he escrito hoy. Aunque os debo una disculpa a cada uno de vosotros por las decisiones tan egoístas que he tomado a lo largo de mi vida, tú has sido a quien más daño le hice.

Jack hizo una pausa y miró a sus hermanos.

–Quiero que sepáis que eso no es cierto. Vuestra madre es quien salió más perjudicada. Cuando fui concebido Elizabeth y nuestro padre aún no se habían conocido. Fui un accidente. Pero después, cuando nuestro padre volvió a ponerse en contacto con mi madre y supo de mi existencia... –sacudió la cabeza–. Debería haberse divorciado de vuestra madre en vez de jugar a dos bandas durante años.

Nikki observó el cruce de miradas sorprendidas entre los hermanos Kincaid. Laurel asintió.

174

–Gracias, Jack. No esperábamos que lo vieras de ese modo, pero en ese punto estamos de acuerdo.

Jack asintió también.

–Continuaré leyendo.

Has vivido todos estos años en la sombra, sin que yo te reconociera como hijo, y nunca has disfrutado de las ventajas que tus hermanos han tenido. Sé que ansiabas que te reconociera, ser parte de la familia, que fuera a verte jugar cuando tenías un partido en el colegio, que fuera a tu graduación... Sé que hubieras querido que estuviese ahí cuando volvías a casa por las tardes, aunque solo fuera para ver un partido en la tele juntos. Me perdí incluso muchos de tus cumpleaños, y no estuve a tu lado el día en que más me necesitaste: el día en que casi perdiste la vida.

Kara emitió un gemido ahogado y los ojos se le llenaron de lágrimas.

–Oh, Jack... Matt nos lo contó. Lo siento mucho.

Nikki supo por la expresión de Jack que la compasión de Kara lo había pillado desprevenido. Jack vaciló, como si no supiera qué responder. Incluso Matt y R. J. se miraron de un modo que dejó entrever que se sentían mal por el modo en que su padre había tratado a Jack.

–No pasa nada; como podéis ver sobreviví –dijo Jack finalmente. Buscó la línea en la que se había quedado:

No estuve a tu lado, Jack, no como lo estuve con mis otros hijos. Y por eso te pido perdón. Te pido perdón por

175

haber sido débil, por no haber sido capaz de renunciar a ninguna de las dos mujeres a las que amaba, aunque no las quise lo suficiente porque no hice lo correcto ni con una ni con otra. Siempre te he querido y me he sentido orgulloso de ti, aunque nunca te reconocí como hijo mío ante la sociedad. Te pido perdón por haber tomado demasiado de la vida sin haber dado lo suficiente a cambio. Espero que puedas perdonarme...

La voz de Jack se quebró, y en ese instante Nikki se dio cuenta de que no podía continuar y se puso de pie. Aquello era culpa suya. Lo había empujado a hacer aquello sin tener en cuenta lo personal que podía ser la carta de Reginald, o lo difícil que sería para él leerla en voz alta. Solo había esperado que su padre explicara en esa carta sus decisiones, con la esperanza de que eso ayudaría a Jack a reconciliarse con los Kincaid. Fue junto a él y le quitó con suavidad la carta de las manos.

—No hace falta que sigas, Jack —murmuró—. Lo siento mucho. Nunca debí pedirte que la leyeras en voz alta —se volvió hacia los Kincaid—. Esto es culpa mía. Accedí a firmarle el poder a cambio de que os leyese hoy la carta que le dejó vuestro padre. Nunca debería haberle obligado a hacer algo así.

—No —Jack apretó la mandíbula—. Voy a terminar de leerla; quiero terminar de leerla.

—Ya nos hemos hecho una idea de su contenido —le dijo Matt en un tono amable—. No hace falta que leas más, Jack. Entendemos por qué estás resentido con nosotros, y por qué querías hacerte con la compañía. Sospecho que a mí en tu lugar me habría pasado lo mismo.

Sus hermanas asintieron, mientras que R. J. miraba a unos y a otros con el ceño fruncido y el rostro tenso.

–He dicho que terminaré de leerla y lo haré –respondió Jack. Tomó la carta de las manos de Nikki, se aclaró la garganta y continuó leyendo:

Espero que puedas perdonarme, pero no solo a mí, sino también a tus hermanos. Creo que habría sido muy bueno para ellos y para ti si hubieras formado parte de sus vidas y ellos de la tuya. Os habríais enriquecido mutuamente. Lo creas o no, R. J. y tú sois muy parecidos. Los dos tenéis las mismas virtudes… y las mismas flaquezas. Espero que esas flaquezas no os impidan tener la clase de relación fraternal que yo os he negado todos estos años. Te estoy abriendo una puerta, hijo, una puerta que había mantenido cerrada todos estos años»

Jack hizo una pausa, miró a los demás, y recitó de memoria el final de la carta:

Te he dejado el cuarenta y cinco por ciento de las acciones del Grupo Kincaid para compensarte por todo el daño que te he hecho, por lo que no te he dado. Pero también te lego esas acciones para darte la posibilidad de elegir: entrar por esa puerta, ahora que está abierta, y ser el hombre que en el fondo de mi corazón sé que eres, o puedes cerrarla y echar la llave… y cumplir la venganza que perseguías. La elección es tuya, Jack.

Un profundo silencio había caído sobre la sala. Lentamente, R. J. se puso de pie y miró a Jack. Por primera vez en sus ojos se leía arrepentimiento.

–Me gustaría que nos hubiéramos criado juntos. Y aunque no sirva de mucho, siento lo que te hizo, y cómo te hizo sentir. Creo que ahora comprendo por qué has elegido vengarte de nosotros, y no puedo culparte por ello. Me gustaría que hubieras hecho una elección distinta, pero supongo que yo habría elegido lo mismo en tu lugar.

Matt se levantó también, y sus hermanas hicieron lo mismo. Uno por uno fueron junto a él y lo abrazaron. R. J. fue el último en acercarse. Le tendió la mano y se quedó esperando. Jack no vaciló y se la estrechó con firmeza.

–Si os sentáis de nuevo terminaremos con esto –les dijo Jack–, pero antes de que continuemos hay un pequeño detalle personal que quisiera resolver –se volvió hacia Nikki y le tomó la mano–. Hace una semana te pedí que te casaras conmigo, y me gustaría saber cuál es tu respuesta.

Por un instante Nikki se quedó paralizada. No podía moverse, no podía pensar. Había creído que Jack no querría saber nada más de ella.

–¿Todavía quieres casarte conmigo? –le preguntó vacilante.

–Sí, pero la cuestión es si tú quieres casarte conmigo –le repitió él–. Sabes quién soy, lo que soy, y lo que pretendo. ¿Estás de mi parte, o estás contra mí?

–Oh, Jack… –los ojos de Nikki se llenaron de lágrimas–. ¿Es que no lo sabes? –le espetó secándoselas con manos temblorosas–. Siempre he estado de tu parte.

Jack sintió que un profundo alivio lo invadía. Cerró los ojos un instante. Gracias a Dios… No sabía qué habría hecho si Nikki lo hubiese rechazado. Abrió los ojos y sacó del bolsillo de la chaqueta el anillo y se lo puso en el dedo antes de atraerla hacia sí para besarla.

–Te quiero –murmuró contra sus labios–. Confía en mí, por favor. Es lo único que quiero: tu amor y que confíes en mí.

–Confío en ti –le dijo ella, y en sus ojos brillaba la fe que tenía en él–. Y te quiero con todo mi corazón.

–Entonces, terminemos con esto.

Nikki volvió a su asiento y Jack miró a sus hermanos, que estaban observándolo con distintos grados de recelo. Lo siguiente iba a ser casi tan difícil como el haber tenido que leer la carta de su padre, y sospechaba que pondría fin a cualquier posibilidad de tener una relación de familia con los Kincaid.

–Tengo algo que comunicaros: hace unas horas la policía arrestó a mi hermano Alan por el asesinato de nuestro padre.

Sus palabras cayeron como una bomba.

–Nikki y yo habíamos empezado a sospechar de él hace unas semanas, y durante ese tiempo estuvimos reuniendo pruebas con las que poder demostrar su culpabilidad. Alan ha confesado que lo mató porque quería evitar que le cerrase el grifo para sus gastos y sus caprichos. Según parece creía que nuestra madre heredaría una importante suma de dinero, el suficiente para que pudiera seguir con el mismo tren de vida que ha llevado hasta ahora. Yo no tenía ni idea, y os aseguro que si lo hubiera sabido hubiera hecho todo lo posible por detenerlo. Y sé que nada de lo que pueda decir os compensará por lo que hizo. Pero más me duele tener que deciros esto porque me avergüenza tener un vínculo de sangre con ese canalla.

Matt lo miró muy serio.

–Espero que se pudra en la cárcel el resto de su miserable vida.

–Apoyo la moción –dijo Laurel.

–Y yo –añadió Lily, cuyos ojos relampagueaban de ira. Luego, sin embargo, la ira desapareció de ellos cuando miró a Jack–. Pero si crees que te culpamos de algún modo por sus actos, te equivocas.

–Por supuesto que no –intervino Matt.

Le dio un codazo a R. J., que asintió a regañadientes.

–Hay unas cuantas cosas que te echaría en cara, Sinclair, pero esa no es una de ellas.

Jack asintió brevemente.

–Os lo agradezco. Si tenéis alguna pregunta el detective McDonough os puede dar todos los detalles que queráis saber. Ahora, prosigamos con los negocios.

–No te andes por las ramas –le pidió R. J.–. Ahora esto es Carolina Shipping y cualquiera que se apellide Kincaid tiene que irse buscando otro trabajo. ¿Correcto?

Jack sonrió.

—No exactamente. Mi propuesta es que el Grupo Kincaid absorba a Carolina Shipping.

—Espera un momento —Laurel se inclinó hacia delante con el ceño fruncido—. ¿Quieres que nuestra compañía absorba la tuya?, ¿no al revés?

—Eso es —le confirmó Jack. Fue hasta la puerta y la abrió—. Adelante, Harold.

Harold Parsons, el abogado de los Kincaid, entró en la sala con un montón de papeles bajo el brazo y los saludó con un asentimiento de cabeza.

—¿De qué va todo esto? —preguntó R. J.

—Harold va a pasaros unos documentos en los que se redistribuyen las acciones de la compañía.

R. J. se puso en pie de un salto.

—No puedes hacer eso.

—Sí que puedo, y lo he hecho —Jack enarcó una ceja—. A menos que no quieras un quince por ciento del negocio en vez del nueve por ciento que tienes.

R. J. parpadeó confundido.

—¿Cómo?

—Como estaba diciendo, he redistribuido las acciones para que cada uno de nosotros tenga el mismo porcentaje: un quince por ciento. Nikki, por supuesto, seguirá teniendo el diez por ciento de las acciones, que le legó su abuelo. Cuando hayáis firmado los documentos votaremos mi siguiente propuesta: que R. J. sea el presidente y director de la compañía mientras que yo me ocuparé de los asuntos del transporte de mercancías, lo que incluye a Carolina Shipping. Matt seguirá ocupándose de captar nuevos clientes, y espero que Nikki quiera seguir con nosotros como investigadora corporativa –hizo una pausa–. ¿Alguna objeción? No, creo que no –se contestó a sí mismo–. Muy bien, en ese caso, moción aprobada. El siguiente punto de la reunión es…

Antes de que ninguno de sus hermanos pudiera recobrarse del *shock*, fue junto a Nikki y la tomó de la mano para que se levantase.

–Nikki y yo nos vamos a tomar el resto del día libre. No os molestéis en llamarnos, porque ninguno de los dos contestaremos al móvil.

Y dicho eso, salió de la sala de juntas llevándose a Nikki con él.

Detrás de ellos todos los Kincaid empezaron a hablar entusiasmados a la vez. Jack sonrió. «Muy bien, papá, he abierto la puerta. Veremos quién se decide a entrar por ella».

Capítulo Once

Al final resultó que todos los Kincaid decidieron entrar por la puerta que les había abierto Jack. A petición de Elizabeth habían roto una tradición familiar de años y años, y ese domingo, en vez de ir a cenar a la mansión Kincaid, se presentaron todos en casa de Jack a mediodía cargados con montones de platos preparados que olían de maravilla. Las mujeres lo saludaron con un abrazo y un beso, y los hombres con un apretón de manos y una palmada en la espalda. Jack, que no salía de su asombro, no sabía cómo tomarse todo aquello.

Todos elogiaron lo bonita que era la casa, y se fueron poniendo cómodos, llenándola de charla y de risas.

Nikki, al ver la confusión de Jack, se rio.

—Tú déjate llevar y ya está —le aconsejó—. Has abierto la puerta y han venido, ¿no?

—Bueno, sí, pero creía que vendrían de uno en uno, no todos a la vez.

—Pues tendrás que acostumbrarte —le dijo Nikki rodeándole la cintura con los brazos—. Es así como funcionan las cosas en las familias: o todo o nada.

—Ya. En fin, si tú lo dices… —Jack la besó en los labios y le dijo—: ¿Sabes qué? Tengo hambre.

–Eso está bien, porque habrá que comerse todo lo que han traído.

Jack sacudió la cabeza.

–No es la comida lo que me ha abierto el apetito.

Nikki sonrió y le dijo que no con el dedo.

–Ah-ah… ese beso es lo único que tendrás hasta que nos quedemos a solas –lo tomó de la mano y tiró de él hacia el comedor–. Anda, vamos con tu familia.

Angela se presentó cuando estaban preparando la mesa para sentarse a comer, y al ver que estaban allí todos los Kincaid se excusó, pero Elizabeth la detuvo y la llevó a un lado. Jack se preocupó al ver que las dos estaban tensas. Era como ver dos trenes avanzando por la misma vía en direcciones opuestas, a punto de chocar.

Vaciló, porque no estaba seguro de si debería dejarles hablar y resolver solas sus diferencias, o si debería interceder. No era el único que estaba observándolas con el aliento contenido, todos lo hacían.

–Confía en mi madre –le dijo R. J. apareciendo detrás de él y dándole una palmada en el hombro–. Sabe que tu madre no se encuentra cómoda con la situación, y que para que puedas sentirte de verdad parte de la familia tiene que hallar el modo de entenderse con ella. Te prometo que no empeorará las cosas que hable con ella. Incluso puede que el conocerse mejor la una a la otra las ayude a pasar página, y también a superar el dolor por la muerte de papá.

Jack le hizo caso, y después de estar charlando un rato las dos mujeres se echaron a llorar y se abrazaron.

–Vuestra madre es una mujer increíble –le dijo a R. J.–. Muy pocas mujeres serían capaces de mostrarse tan generosas y amables con la amante de su marido.

–Es única –le dijo R. J. con orgullo.

Cuando hubieron convencido a Angela de que se quedase a comer se sentaron todos a la mesa y alguien puso música de fondo.

Jack había creído que por ser la primera vez que se reunían todos se sentirían un poco incómodos, pero fue divertido, y aunque estaba algo nervioso, estaba seguro de que con el tiempo esa sensación iría pasando y se harían unos a otros.

Pensar eso lo hizo sonreír para sus adentros. Por fin iba a tener lo que siempre había querido: una familia de verdad.

A lo largo de la comida también se fue enterando de muchas cosas que no sabía: el bebé que esperaban Lily y Daniel iba a ser un niño, y como solo se habían casado en el juzgado para no quitar protagonismo a la boda de Kara, habían decidido que iban a casarse de nuevo en octubre, y por supuesto los invitaron a su madre, a Nikki y a él.

Y también hubo otra anuncio importante: R. J. y Brooke también iban a ser padres. Después de que todos los felicitaran, Elizabeth hizo reír a los demás al mirar a sus hijos con fingido reproche y les dijo:

–Es evidente que no os expliqué en su momento

cómo deben hacerse estas cosas: primero hay que casarse, y luego quedarse embarazada; por ese orden. ¿Está claro? –luego sonrió y añadió–: Ahora en serio, es maravilloso que venga otro nieto en camino. Y quiero decir que, aunque solo era una broma, naturalmente hay veces que las cosas pasan sin que una lo prevea, y de esos pequeños accidentes pueden salir personas maravillosas –dijo mirando a Jack y sonriéndole con calidez.

–Propongo un brindis –dijo R. J. levantando su copa–. Por todos nosotros.

–Por este nuevo comienzo –añadió Lily.

–Por que a partir de ahora esta no sea solo una casa, sino el hogar de una gran familia –dijo Nikki.

Matt miró a Jack y dijo con una sonrisa.

–Por que sigamos abriendo puertas y ventanas.

Jack levantó también su copa, y con la mano libre tomó la de Nikki y se la apretó con fuerza. Se sentía bien ahora que las barreras estaban cayendo; mejor de lo que nunca habría imaginado. Paseó la mirada por la larga mesa y dijo:

–Y sobre todo… por la familia.

Esa noche Jack y Nikki estaban fuera, en el balcón, abrazados el uno al otro.

–Al final ha salido todo bien, ¿no? –dijo Jack.

Ella apoyó la cabeza en su hombro y suspiró satisfecha.

–Sí, ha salido muy bien.

Jack tomó sus labios con un largo beso.

–Gracias, Nikki.

–¿Por qué?

–Por darme una familia.

Ella esbozó una sonrisa misteriosa que hizo que sintiera deseos de besarla de nuevo.

–Una familia que está a punto de crecer.

Jack se rio al recordar la reprimenda fingida de Elizabeth durante el almuerzo.

–Cierto. Gracias a Lily y a Daniel, y también a R. J. y a Brooke. A pesar de que Elizabeth lo desapruebe.

–Umm… Me temo que va a tener más razones para desaprobarlo.

Jack se quedó muy quieto.

–¿Qué quieres decir?

–Exactamente lo que estás pensando –dijo Nikki abrazándose a él con más fuerza–. Creo que serás un padre maravilloso. ¿No te parece?

Jack intentó articular una respuesta, pero parecía que no le salían las palabras.

–¿Voy a ser padre? –consiguió decir al fin.

Nikki lo miró preocupada.

–¿Eso supone un problema para ti?

–No –dijo Jack muy despacio–. De hecho, creo que voy a ser un padre estupendo.

Nikki sonrió satisfecha.

–Yo también lo creo.

Jack volvió la vista hacia el océano, con la sensación de que por fin había conseguido lo que siempre había querido. Por fin iba a tener no solo una familia, sino también un hogar que Nikki y él llenarían con el amor, y con la felicidad que les traería su hijo. Era el primer paso hacia el futuro: su futuro juntos.

Si escuchaba atentamente le parecía que casi podía oír las voces de ese futuro: voces alegres de niños, risas. Estaría ahí para esos niños, y participaría en cada momento de sus vidas, viéndoles crecer día a día. Se haría viejo al lado de la mujer a la que amaba, y rodeado de los familiares con los que se había reconciliado. Oh, sí, podía oír ese futuro. Ese futuro convertiría esa casa en un hogar, llenaría su vida de amor, y le daría el más preciado de todos los bienes: una familia.

Deseo

Su primera vez

NATALIE ANDERSON

Roxie se había visto obligada a crecer muy rápido, así que se había perdido muchas primeras veces. Ahora, con una lista de seis puntos pendientes, estaba preparada para empezar con el más importante: ¡perder la virginidad! A su nuevo vecino, el atractivo médico Gabe Hollingworth, le gustaban las aventuras de una noche… ¡y era un bombón! A lo mejor él podía ayudarla… Sin embargo, Gabe quería ser algo más que solo un punto conseguido en su lista de cosas pendientes y le propuso un reto que ella no podría aceptar: escapar de la química que había entre ellos.

¡Necesitaba experiencia!

¡YA EN TU PUNTO DE VENTA!

Acepte 2 de nuestras mejores novelas de amor GRATIS

¡Y reciba un regalo sorpresa!

Oferta especial de tiempo limitado

Rellene el cupón y envíelo a

Harlequin Reader Service®
3010 Walden Ave.
P.O. Box 1867
Buffalo, N.Y. 14240-1867

¡Sí! Por favor, envíenme 2 novelas de amor de Harlequin (1 Bianca® y 1 Deseo®) gratis, más el regalo sorpresa. Luego remítanme 4 novelas nuevas todos los meses, las cuales recibiré mucho antes de que aparezcan en librerías, y factúrenme al bajo precio de $3,24 cada una, más $0,25 por envío e impuesto de ventas, si corresponde*. Este es el precio total, y es un ahorro de casi el 20% sobre el precio de portada. !Una oferta excelente! Entiendo que el hecho de aceptar estos libros y el regalo no me obliga en forma alguna a la compra de libros adicionales. Y también que puedo devolver cualquier envío y cancelar en cualquier momento. Aún si decido no comprar ningún otro libro de Harlequin, los 2 libros gratis y el regalo sorpresa son míos para siempre.

416 LBN DU7N

Nombre y apellido   (Por favor, letra de molde)

Dirección   Apartamento No.

Ciudad   Estado   Zona postal

Esta oferta se limita a un pedido por hogar y no está disponible para los subscriptores actuales de Deseo® y Bianca®.
*Los términos y precios quedan sujetos a cambios sin aviso previo.
Impuestos de ventas aplican en N.Y.

SPN-03   ©2003 Harlequin Enterprises Limited

El destino del jeque
OLIVIA GATES

Rashid Aal Munsoori había encontrado su destino. Pero para reclamar el trono de Azmahar necesitaba a Laylah Aal Shalaan. Seduciéndola derrotaría a sus rivales y, si conseguía que le diera un heredero, tendría el control absoluto sobre su tierra natal.

Laylah, por su parte, siempre había amado a Rashid en secreto. El jeque tenía cicatrices por dentro y por fuera, pero eso hacía que lo quisiera aún más… hasta que descubrió sus intereses ocultos. A lo mejor nunca volvería a confiar en su amante, ¿pero cómo iba a abandonar al padre de su futuro hijo, un bebé destinado a unir para siempre dos reinos del desierto?

¿Era seducción sincera?

¡YA EN TU PUNTO DE VENTA!